紙婚式

山本文緒

JN263595

目次

土下座

自分でまいた種とはいえ、僕は妻が恐ろしかった。

知り合ったばかりの頃、妻の祐実《ゆみ》は屈託のない柔らかな少女だった。二十歳だった彼女は、成人式のための大振り袖《そで》を着て、背筋を伸ばして居酒屋の座敷に座っていた。

僕は彼女のことを知っていた。といっても、学校の大教室や学食の中でよく見かけるだけで、言葉を交わしたことはなかった。

玉子色の地に朱鷺《とき》色の模様が入った着物を着た彼女は、マシュマロのようにふっくらしていて、持って帰ってテレビの上に飾りたいほど可愛《かわい》らしかった。

僕もその日成人式を迎えたのだが、田舎に帰ろうという気にはなれず、アルバイト先の居酒屋でせっせとビールを運んでいた。

今日は成人式の流れで着物の客が来るだろうから気をつけろよ、と開店の時に店長が言っていたのを思い出した。そして彼は独り言のように呟《つぶや》いた。去年だったかな、五十万だかする着物に肉じゃがぶちまけた馬鹿がいたよなあ。あいつ、どうしたっけ。車売って弁償したんだっけ。

狭い座敷は満員だった。彼女の他にも振り袖姿の女の子が数人見える。普段なら、はいはいすいませんよとサラリーマンの尻《しり》を蹴《け》って通って行くのだけれど、今日はそうもいかない。僕は右手に持った大ジョッキ二個と、左手のキムチの鉢を落とさないよう指に力を入れた。

マシュマロ姫の後ろを通る。彼女の横顔が笑っているのをちらりと見る。今ここで転んだら、どうなるだろうとふと思った。

その時後ろから「おーい、そのビールこっちだぞう」と酔っぱらいの声がした。え？と僕は振り返った。その拍子にビールのジョッキが何かに当たった。

「きゃっ」と悲鳴が上がる。斜めになったジョッキから、彼女の結い上げた髪にビールがこぼれたのだ。

しまった、と思ったとたん、僕はパニックに陥った。左手からつるりとキムチの鉢が落ちる。それは猫のように空中で回転し、彼女の正座した膝《ひざ》に、ぽとんと落ちた。

あの時でさえ、彼女は怒らなかった。

僕はマンションのドアの前に立っている。

この鉄のドアを僕は今まで何度開けただろう。開ける度に、少しずつそれは重くなっていくような気がする。最近はよほど覚悟を決めないと、僕は扉が開けられないのだ。

もう時間は深夜一時を回っている。明日も七時に起きて会社に行かなければならない。早く布団に入って眠りたい。

けれど、僕はドアの前につっ立って自分の革靴の爪先《つまさき》を見つめていた。ドアの中からかすかにテレビの音が聞こえてくる。妻はまだ起きて、僕の帰りを待っているのだ。ひとつ息を吐き、ポケットから鍵《かぎ》を取り出してドアのロックをはずした。

「おかえりなさい」

扉を開けたとたんに、廊下の向こうから妻が小走りにやって来た。

「飲んでるの？」

「うん。ちょっと、付き合いで」

僕は言葉尻を濁して靴を脱ぐ。

「何か食べる？　お風呂《ふろ》先に入る？」

妻はまるで新婚コントのように、僕が帰って来ると「ご飯にする？　お風呂にする？」と必ず聞くのだ。

「いや、宴会でだいぶ食べたし、こんな時間に風呂使ったら下の階の人に迷惑だから」

すがるような黒い瞳《ひとみ》が僕を見上げている。もう夜中だというのに彼女は化粧をして、きちんとしたシャツとスカートを身に着けていた。僕はおどおどと目をそらす。

「じゃあお茶、淹《い》れるわね」

しゅんと肩を落として妻はそう言った。本当はお茶も辞退して、すぐにでも布団にもぐり込みたかったが、いくら何でもそこまですげなくするわけにはいかない。

キッチンに向かう妻の背中を見送ってから、僕は寝室に入った。寝室といっても和室に布団を敷いて寝ているだけだ。今日もそこに、二組の布団が並べて敷いてあった。結婚する時に母親が贈ってくれた、赤と青の羽毛布団が白いカバーを掛けられて今日もぴったり寄り添うように並べられている。

妻は最初、和室に布団を敷いて眠ることに反対した。頂いた布団はお客様用に取っておいて、洋間にベッドを二つ置いて寝室にしましょうよと主張したのだ。僕はその時「ダブルベッドならいいよ」と冗談まじりに言った。その時の妻の表情を、僕は一生忘れないだろう。まるで色情狂を見るような目で僕を見たのだ。

いたく傷ついた僕は、妻がリビングで寝ようが台所で寝ようが絶対和室で寝てやると決めた。しかし今ではこう思う。あの時ダブルベッドにしないで本当によかったと。

枕元《まくらもと》にきちんと畳まれてあったパジャマを着て、僕はリビングに戻った。湯気をたてたお茶が二つと、微笑《ほほえ》んだ妻が待っていた。

ソファに座って僕はテレビのリモコンを取り上げスイッチを入れた。深夜のバラエティー番組が画面に現れる。

「ねえ、今度の土曜日はお休み？」

祐実が僕に尋ねる。僕は彼女の方を見た。ソファはテレビの正面に置いてあって、僕と妻は並んで腰掛けている。なのに僕の目に入ったのは彼女の横顔ではなかった。彼女は上半身をひねって、正面から僕を見据えていた。

「……し、仕事なんだ」

　思わず僕は口ごもる。

「そうなの。それじゃ、仕方ないわね」

「ごめんな」

「いいの。でも日曜日はお休みなんでしょう?」

　曖昧《あいまい》に頷《うなず》いて僕はチャンネルを切り換えた。妻はテレビにちらりとも顔を向けない。左頰《ほお》に痛いほど視線を感じる。

　毎日帰って来るのは深夜で、それも間違いなく酒が入っていて、土曜日は仕事と称してどこかに出掛けて行き、日曜日は疲れたと言って一日中寝ている。そんな僕に妻は一言も文句を言わなかった。文句どころか、こうして笑顔で尽くしてくれるのだ。

　例のキムチ落下事件から約七年、僕達は言い争いというものをしたことがなかった。険悪な雰囲気になったことがない、というわけではない。僕は気に入らないことがあると黙ってしまうし、妻も怒っていればいるほどそれを口に出したりはしなかった。

「ねえ、お願いがあるんだけど」

　妻のその一言に心臓が飛び跳ねた。けれど僕は冷静を装ってお茶を飲んだ。

「日曜日の午後、もしよかったら車を出してくれないかしら。お米とかお味噌《みそ》とか、重い物を買いたいの。スーパーまで行ってくれると嬉《うれ》しいんだけど。でも、あんまり疲れていたらいいわ。自転車で行くから」

柔らかく言って祐実は笑った。

ああ、これはもう、すごく怒っている。

「もちろんいいよ。さ、寝ようかな。明日も早いし」

僕も妻に合わせて明るく笑った。寝よう寝よう、と空笑《からわら》いをしながら洗面所に向かおうとした僕の背中に彼女が言った。

「県道沿いに、大きな家具屋さんがオープンしたの知ってる?」

唐突な発言に僕は振り返る。

「え?」

「チラシが来てたの。ほら見て」

祐実は楽しそうに広告をひらひら振ってみせた。

「開店記念セールだって。まあ、ベッドもこんなに安いわ。あなた、前にダブルベッドが欲しいって言ってなかった?」

ほがらかな妻の声を聞きながら僕は逃げるように洗面所に向かった。鼓動が速い。鏡に向かいコップに立てかけてある歯ブラシを手に取ると、その手が震えていた。

そして震えた歯ブラシの先に、何か緑色のものがなすり付けてあることに気がついた。匂《にお》いを嗅《か》ぐと、つんと鼻を刺激した。

舐《な》めてみるまでもない。いつも歯磨き粉を置いてある場所に、練りわさびのチューブが置いてあった。


僕は祐実に、ぞっこんだった。

お願いしてお願いして、土下座して、結婚してもらったのだ。

二十歳だった祐実。美しい着物の膝に大盛りのキムチをぶちまけられた彼女は、ゆっくりと立ち上がった。まわりの人が慌てて渡したおしぼりで拭《ふ》いてはみたが、無残にもオレンジ色の染みが大きく咲いていた。

事の重大さに声も出せずにいた僕に、彼女は静かに微笑んだのだ。

こんな格好でお酒を飲みに来る私が悪いんですから。

一言そう言い残し、彼女は優雅に草履を履いて店を出て行った。僕と彼女の連れの数人は、急いで彼女を追いかけた。しかし彼女はちょうど通りかかったタクシーをひらりと手を挙げて停め、大騒ぎをする僕達の前から鮮やかに去って行った。

だからといって、そのまま僕が無罪放免になっていいわけがない。

僕は翌日、ありったけの現金と菓子折りを持って彼女の家を訪ねた。

人生最初の土下座である。許してもらおうとは思っていなかった。いっぺんには無理でも、バイトを増やして少しずつ弁償するつもりでいた。

なのに彼女と彼女の母親は私を家の中に招き入れ、お茶まで出してくれた。染み抜きすれば大丈夫ですし、汚れたら困る格好で居酒屋に行く私の方が悪いのですから。もしそんなに気にして頂けるのなら、染み抜き代だけ頂戴《ちょうだい》します、と彼女はえくぼをつくって言った。

僕には彼女がマリア様に見えた。

大袈裟《おおげさ》なのは承知だが、でも本当にそう思えたのだ。

その事件がもとで、僕と彼女は親しく口をきくようになった。学校の中で顔を合わせると、少し立ち話をする。そういうことが重なるとだんだん共通の友人というものができてきて、僕と彼女は大勢で飲みに出たりスキー旅行にも行くようになった。

僕は祐実が好きだった。まるで巫女《みこ》にかしずくように僕は彼女に心酔した。

いつでもふんわりと笑い、言葉を荒らげたり皮肉を言ったりすることが決してなかった。誰かが咳《せき》をすると「風邪?」と小首を傾げて聞いた。学校の中で見かける彼女は、いつも大勢の友人に囲まれて楽しそうに笑っていた。

思い出すだけで胸が詰まった。あの頃のままの彼女でいさせてあげたかった。

できれば僕は、死ぬまで錯覚という曇りガラスを通して彼女を見ていたかった。

僕の父親が他界したのは、就職をして二年目の夏だった。

母親から「死んだらしい」という電話が僕のところに入って、慌てて父親の奥さんに問い合わせた。すると昨夜、脳溢血《のういっけつ》で亡くなりましたと告げられた。

父と母は僕が高校に上がる年に離婚し、あっという間にそれぞれ別の所帯を持ったのだ。僕は父と母のどちらに引き取られるのも気が重かったので、母の新しい所帯の近くにアパートを借りてもらって住んでいた。

けれど、新しい配偶者に尽くす自分の親というものを見たくなくて、僕はどちらの家にも上がり込んだことはなかった。用がなければ連絡もろくに取らなかった。

しかし、思い出したように父と母、両方から電話がかかってきた。特に何だというわけではない。世間話を少しして切るだけだ。

そしてもう片方から電話がかかってくると、僕は父の、あるいは母の近況をかいつまんで話してやった。離婚した夫婦は、お互いのことになど興味がないのかと思っていたら、元気でやっていることぐらいは知りたいようなのだ。あんなに憎みあって、茶碗《ちゃわん》も鍋《なべ》も投げつけあって喧嘩《けんか》別れをした二人なのに、不思議なものだなと僕は思っていた。

そういうわけで、僕はずっと父と母の中継地点として使われてきた。父の死亡も、母がどこからか噂《うわさ》を聞き僕に確かめさせたというわけだ。

父の新しい（もうそんなに新しくはないが）奥さんは、お線香をあげに来て下さいと言ってくれたが、母は通夜にも葬式にも顔を出さなかった。僕は一応血が繋《つな》がった実の父の葬式なので火葬場まで行った。

火葬場の待合室で父が焼き上がるのを出涸《でが》らしのお茶を飲んで待っている時、父の弁護士という人が話しかけてきた。

遺言状もなかったので、遺産の分割は法律通りでいいかと彼は僕に聞いた。僕はきょとんと彼の顔を見つめてしまった。父に遺産があることも、それを僕がいくらか貰《もら》える権利があることも考えもしなかったのだ。

どうせ貰えても大した金額じゃないだろう。当てにすると後で落胆するので、僕はなるべくそのことは考えないようにして過ごすことにした。

そして、そんなことがあったことも忘れかけていた一年後、しょっちゅうマイナス残高になってしまう淋《さび》しい僕の通帳に、三千万円の入金があった。

銀行のキャッシュコーナーで腰を抜かした僕は、そういえばまだ子供の頃、酔っぱらった父が裏のお山は俺《おれ》のもんだと言っていたのを思い出した。

二流の私立大学を出て、コネも能力も何も持っていなかった僕は、受けた会社をことごとく落とされて最後に小さなゲームソフトの会社に拾ってもらえた。

そこで営業部に配属されたが、忙しいわりには驚くほど少ない給料しか貰えなかった。

だからといって、どこにも文句のぶつけようはない。その会社しか僕に給料をくれるところはなかったのだから、世の中を責めるより先に自分の無能さを責めなければならないだろう。

その頃の唯一の楽しみといえば、一ヵ月に一度ほどの割合で祐実と食事をすることだった。

どうも彼女にはステディな相手がいる様子だったが、それはそれで構わなかった。もちろん失恋であるからそりゃつらかったが、たまに親しい友人として会うことができる方が僕には大切なことだった。何よりも恐いのは、彼女に会えなくなってしまうことだった。それに僕には己というものが分かっていた。何をやらせても中の下で、かといって素晴らしい人格者というわけでもない。趣味もなく、野望もなく、金もない。

ただひとつだけ漠然とした夢があるとしたら、それは祐実に求婚することだった。うちの会社は小さな会社なので、努力次第では若いうちに幹部になれる。もしも出世できる見通しがたち、彼女がまだ独身であればプロポーズしてみよう、僕はそう思っていた。

しかしそれは本当に夢の夢だった。怒鳴られてばかりの役立たずな僕が、役付きになどなれるわけがない。それに、世の中の男達が彼女を放っておくわけがなかった。彼女は年々美しくなる。相手を包み込むような笑顔は変わらないが、子供じみていた仕種《しぐさ》が会う度に大人のものになっていった。彼女には僕ではなく、もっと相応《ふさわ》しい男がいるだろう。

そんなふうに、まだ五十年以上もあるかもしれない自分の人生も、目の前に座っている惚《ほ》れた女性も諦《あきら》めかけていた矢先に三千万円の収入である。

動揺しない方がおかしい。僕は動揺した。

とにかく、まず母親に一千万は渡そうと決めた。さて決めなくてはならないのは、残りの二千万の使い道である。

少しずつ日々の暮らしの足しにしていくという手もあるが、きっとそれでは何も形に残らず終わってしまうだろう。何か自分で商売なり事業なりを始めるという手もあったが、ぼんくらな僕には向いていないような気がした。

やはりこれは不動産しかない。これだけあれば頭金は十分だろう。あとはアパートの家賃並みの支払いでそこそこのマンションが買えるはずだ。

僕は動揺し、そして浮かれていた。

何軒も不動産屋を回り物件を見せてもらうと、やはり少々高くてもいいものが欲しくなった。

そして僕は都心から私鉄で三十分ほどの街に四千万円の部屋を買った。契約したその夜、僕は祐実を食事に誘った。

ハイになった僕は、その日の帰り道、彼女にプロポーズをしたのだ。

人生二度目の、土下座であった。

思えば一番幸福だったのは、婚約期間の一年間だった。

僕が求婚した晩に、彼女は即頷《うなず》いてくれたわけではない。何度二人で食事をしても、下心のかけらも見せなかった僕がいきなりプロポーズしたのである。それは驚いたことだろう。

祐実はそれからしばらく、つかず離れずうまく僕をあしらった。たぶんその間に前の恋人との関係を清算したのだと思う。

お嫁さんにして下さい、と彼女の方から僕に言ってくれたのは、それから半年後のことだった。人生には何が起こるか分からないのだなと、僕はしみじみ冬の星座を見上げた。

そして翌週、僕は奮発して都心の高層ホテルのスイートをリザーブし、婚約のお祝いをした。彼女を抱いたのはもちろんその時が初めてだった。

舞い上がっていた僕は、このホテルで結婚式がしたいなとベッドの中で彼女に言われて「任せなさい」と簡単に頷いてしまった。翌朝、二人でそのホテルのブライダルカウンターに寄り、一年後の大安吉日の披露宴を予約した。

僕達の結婚に反対する人は誰もいなかった。僕の母親はもちろん、彼女の両親も「あのキムチの人」と言って歓迎してくれた。あの時の土下座がどうも好印象を与えていたようだ。まったく人生というのは何が幸いするか分からない。

仕事を持っていた彼女とはそうそう頻繁には会えなかったが、週末は必ず僕の新しく買ったマンションに来て掃除や料理をしてくれた。けれど式を挙げるまではけじめをつけたいと言って、彼女は決して泊まっていかなかった。そんな彼女を僕はますます好きになった。

かなり分不相応ではあったが、総額にして四百万円の結婚式を挙げ、ニューカレドニア十日間の新婚旅行から帰って来て、僕達の何の問題もないはずだった新婚生活が始まったのだ。


七時に枕元《まくらもと》の目覚ましが鳴って僕は目を開けた。隣の布団はもう畳まれていて、細く開いたリビングへの扉からコーヒーのいい香りが漂ってきていた。いつもの朝だ。

「おはよう。食欲ある?」

エプロン姿の妻が私を振り返って微笑《ほほえ》んだ。ギンガムチェックのテーブルクロスに温かいパンの皿、一輪挿しのガーベラ。幸福を感じていいはずの風景なのに、私は不吉な空気を感じた。妻は明るく聞いてくる。

「コーンスープ作ったの。飲むでしょう」

僕はしばし躊躇《ちゅうちょ》してから「今ノックの音がしなかった?」と彼女に尋ねた。

「え? そう?」

「回覧板かもよ」

僕が言うと、妻は首を傾げつつ玄関に向かって行く。その隙《すき》にさっと鍋《なべ》の蓋《ふた》を開けてみた。

嫌《いや》な予感ほど当たるものだ。そのクリームイエローのおいしそうなスープの真ん中に、黒くてぽってり太ったゴキブリが泳いでいた。素早く椅子《いす》に座りなおし、僕は新聞を広げて顔を突っ込む。

「誰もいなかったわよ？」

「じゃあ、気のせいかな」

「もうボケてきちゃったの？　やあねえ」

妻は楽しげに笑い、鍋の蓋を開けてスープをすくおうとした。

「あ、いけない」

僕は絶妙のタイミングでそう声を出した。不思議そうに彼女が振り向く。

「そうだった。いけない、いけない。今日は早めに会社に行かないといけないんだった」

新聞を急いで畳んで僕は立ち上がる。慌てふためいて着替えを始めた僕を、妻がじっと見ていた。スーツの上着を引っかけ慌ただしく玄関で靴を履くと、妻が僕の鞄《かばん》を渡してくれた。

「じゃあ、行ってきます」

「今日も遅いの？」

「う、うん。悪いな。何時になるか分からないから、先に寝てていいんだぞ。そうだ、友達でも呼べばどうだ？　ミキちゃんにでも、また泊まりに来てもらえば？」

僕は極力明るく言った。彼女はその大きな瞳《ひとみ》で僕をじっと見ている。返事も聞かず逃げるように家を出た。

駅までの道を僕はだらだらと歩いた。早く出社しなければならないというのはもちろん嘘《うそ》で、早くどころか今日は午前中に入っていた商談がキャンセルとなったので、午後からでもいいくらいなのだ。生欠伸《なまあくび》をしながら僕は駅の改札に向かう。もし妻との状態が普通だったら、ゆっくり寝ていられたのに。

スーツの内ポケットから定期券を取り出して何気なく自動改札機に入れると、突然派手なブザーが鳴って目の前の扉が閉まった。僕はびっくりして立ち尽くす。ちょうどそこにいた駅員が、機械の中から戻って来た僕の定期券を手に取った。

「お客さん、これテレフォンカードですよ」

「え？」

薄笑いを浮かべた駅員から僕はそれを受け取った。そんな馬鹿な。

しかしそれは確かにテレフォンカードだった。手触りも大きさも似ているので気がつかなかった。では定期券はどこだろう。スーツは昨日と同じものだし、僕には定期券を内ポケットに入れる癖がついている。他のところに入れるとは考えにくかったが、僕は別のポケットや財布の中を捜してみた。

しかし、すぐに諦めて切符を買った。定期券は先週期限が切れて、六ヵ月分を新しく買ったばかりだった。

疑《うたぐ》りたくはない。けれど、今朝のスープの中のゴキブリを思い出して僕は首を振った。妻の仕業でなければ、誰がやったというのだろう。

会社からやや離れた、さぼる時にいつも使う喫茶店の扉を僕は開けた。

僕は窓際の席に腰を下ろして、モーニングセットを頼んだ。他にも何人かのサラリーマンがモーニングセットを食べていた。

妻が作ってくれた朝食とコーヒーの方が百倍もおいしいのは分かっている。けれど僕はそのぱさついたパンと茹《ゆ》で卵を食べると、やっと少しなごむことができた。

ぼんやりとコーヒーを啜《すす》りながら、今頃妻は何をしているのだろうかと思った。

掃除や洗濯なんてそうそう時間はかからないだろう。僕はここのところ、家で夕飯を食べることは日曜日しかないので、食事の支度もしないでいい。有り余る時間を妻はいったい何をして過ごしているのだろうか。

子供がいるわけでもないし、僕は亭主関白でもない。以前のように働きに行ってくればいいのにと僕は思った。しかし、それを口に出せるような雰囲気ではまったくない。

結婚してからも妻は会社に勤めていた。大手アパレル会社の事業部である。ほぼ全優に近い成績で卒業し、第一印象が素晴らしくいい女性だから、面接も軽くクリアできただろう。だから僕と同じ学校を出ても、彼女はそんないい会社に就職できたのだ。

彼女は仕事にやりがいを感じていて、できたらずっと勤め続けたいと言っていた。その時僕は何気なく「子供ができても？」と聞いた。彼女は珍しく難しい顔をして考え、今のところ子供を産む気になれないのと言った。

実はそれを聞いて、僕はかなりほっとしたのだ。僕は自分の子供が欲しいと思ったことがなかった。嫌いだというわけではないけれど、何しろ僕にはまだ、男としての自信というものがなかった。たまたま大金が転がりこんでマンションは買った。その勢いで、憧《あこが》れの女性を手に入れた。けれど、あいかわらず僕は薄給で働いているし、出世できる見通しも立たない。

しかし二人で働いていれば、ローンの支払いも日々の暮らしもだいぶ楽である。もしも子供ができて彼女が仕事を辞めてしまったら、僕の給料だけで人間が三人食べなくてはならないのだ。それはどう考えても無理だった。できれば僕はしばらく妻と二人の生活を楽しみたかった。

しかし、結婚したら妻は変わった。

もしかしたら僕も変わったのかもしれないが、妻の変わり方はあまりにも極端だった。

何しろセックスしてくれないのだ。

結婚式を挙げる前、彼女と僕はだいたい週末ごとに寝ていた。ベッドの中での彼女はとてもおとなしかった。僕もそれほど経験豊富というわけではないが、彼女はただじっと目をつむって事が済むのを待っていた。そんな彼女を僕は愛《いとお》しいと思った。結婚式を挙げ、ちゃんと夫婦になれば、彼女ももう少しリラックスするだろうと簡単に考えていた。

それがいざ蓋《ふた》を開けてみると、彼女は僕に抱かれることを拒否したのだ。

最初の三ヵ月ほどは、僕が求めると黙って応じてくれた。けれど、以前の彼女が陸揚げマグロだとしたら、結婚後の彼女は冷凍マグロだった。

そしてある日、妻は言った。今日は疲れてるから、と。

今まさに自分の布団から這《は》い出て、隣の彼女の布団に右足を差し入れていた僕は、その間抜けな格好のまましばし宙を見つめた。

生理以外の理由で、彼女に拒否されたのは初めてだった。けれど僕は何とか自分を納得させた。そういうこともあるだろう。週に二回がそれほど多いとは思わないが、とにかく妻は淡白なのだ。週に一度で我慢するかと僕はすごすご自分の布団に戻った。

しかし、それからというもの、彼女は僕が求めるたびに拒否するようになった。疲れているとか、そんな気分じゃないとか、あなたがお酒を飲んでる時は嫌なのと言って。

明らかに妻は何か怒っているようだった。あんなに優しかった彼女が、気がつくといつも不機嫌な横顔を見せていた。セックスどころか指一本触れさせてくれないのだ。

僕にはわけが分からなかった。

うちは共働きなので家事は分担していた。自分のものは自分で洗濯し、平日の食事はそれぞれ自分で食べる。休日は彼女が食事を作り、僕が部屋の掃除をする。

結婚したのに、どうして残業してきた晩にコンビニ弁当を買って帰らなければならないのだろうと、ふと疑問に思ったこともあった。けれど、僕は不平を口に出したりはしなかったし、決められた家事はちゃんとこなしていたつもりだ。

こんなのは新婚生活とは言えない。けれど僕は妻にその理由を尋ねるのに半年もかかってしまったのだ。あまりにも情けないが、妻の機嫌を損ね、彼女を失うのが恐かったのだ。

しかし、これ以上長引けば修復不可能になるかもしれないと思い、僕は正面から彼女に何が気に入らないのかと聞いてみた。

僕の問いに、妻はつんと横を向いたまま唇を尖《とが》らせた。その表情はまるで子供だ。

「あなたは結婚したら、変わったわ」

妻はそんなことを言った。僕は耳を疑った。あなたは、ではなく、私は、の間違いではないのか。

絶句している僕に、妻は重ねて言った。

「釣った魚に餌《えさ》はやらないどころか、釣った魚を三枚におろして食べる人よ、あなたは」

何を当たり前なことを言ってるんだ、この女は。

「結婚する前、あなたは紳士だった。食事をするのもレストランを予約してくれて、私の話をちゃんと聞いてくれたわ。ホテルに部屋を取ってくれて、朝までしっかり抱いててくれた」

そう言って彼女は爪《つめ》を噛《か》み黙り込んだ。僕も同じように黙り込んだ。何か一言でも言ったら、感情が爆発しそうだった。

分かった分かった、ごめんごめん。今度の休みにはまたあのホテルに泊まりに行こうか。最上階のガラス張りのプールで泳いで、食事をして夜景のきれいなあのバーで酒を飲もう。

そう言えば、妻の顔にすぐに笑みが戻ったのかもしれない。しかし僕は何も言わなかった。

釣った魚を三枚におろして食べるだと、この野郎。マグロのくせに何を言ってやがる。

僕は黙って部屋を出た。初めて僕は連絡もせず外泊をした。ソープにでも行こうかとも思ったがどこまでも小心者の僕は、同じ風呂《ふろ》でもサウナで一晩地味に過ごしたのだ。

職場の信頼できる先輩に、その喧嘩《けんか》のことを相談すると、

「馬鹿な話で聞いてられない。所帯を持ったのだから二人とも、もっと大人になれ」

とはっきり言われてしまった。そうだろうなと僕も納得した。

妻は子供なのだ。女房とセックスするのにいちいちそんな手順を踏む男がどこにいる。そんなことすら彼女は気づいていないのだ。彼女はセックスというものを、男へのご褒美

だとでも思っているのだろうか。お金と時間を費やされて、初めて与えてあげるものだと思っているのだろうか。

しかしまあ、あまり彼女ばかりを責めるのも酷かもしれない。ここのところ仕事が忙しくて、それこそ帰って来て飯を食って風呂に入って、その勢いで妻を抱こうとしていた。確かに会話らしい会話をしていない。

一度、結婚式を挙げたあのホテルに泊まりに行くか、というところまで考えて、僕は一人で首を振った。

そんなに甘やかしていいわけがない。だいたい僕ばかり気を遣っているではないか。仕事で疲れているのはお互い様なのだから、もう少し労《いたわ》りの心というものを持ってほしい。だから僕は、ほんのお灸《きゅう》を据えるような気持ちだったのだ。

妻を抱かなくなったのは。

一ヵ月ほど、僕は妻を求めなかった。

しかし、そのこと以外はいつものように過ごす僕を、彼女は不思議な顔をして見ていた。妻の望んだ通りの生活だ。仕事から帰ったら夜は並んでテレビを見た。そしてご清潔なまま眠りにつく。休日は溜《た》まった洗濯物や掃除を片づけて、二人で買い物に行く。そして妻が腕を振るった夕飯を食べ、軽くビールかワインを飲んで、その週あったことを語り合う。そのあたりで彼女を押し倒したかったけれど、僕はそれを我慢した。

もちろん、そんなことは二ヵ月ぐらいでやめようと思っていた。「求められない淋《さび》しさ」を妻に分かってもらえればそれでよかった。二ヵ月ぶりに求めれば、さすがの彼女も応じてくれるだろうと思っていた。

しかし、事態は僕が考えていた方向から、微妙にずれていった。

妻の眼差《まなざ》しが変わってきたのだ。

いつも悠然と構え、下弦の月の形に細められていた瞳《ひとみ》が、いつしかすがるように僕を見上げていることに気がついた。

いつも三十センチほど離して敷いてあった布団が、日毎に僕の布団に近づいて来た。じりじりと妻の布団が迫って来て、終《しま》いにはピッタリと二つの布団が寄り添って敷かれていた。

正直に告白しよう。僕はそんな妻の変化を、実は心の奥底で楽しんでいたのだ。

出会った時から長い長い間、僕は彼女を神聖な女として崇《あが》めていた。いつでも僕は彼女から「許し」を頂いて生きてきた。高価な衣装を汚したことを許してもらい、友人になることを許可された。夕食を御馳走《ごちそう》することを許して頂き、そして生涯連れ添うことを許してもらった。その彼女が初めて僕に「許し」を求めているのだ。

抱いてほしいという無言のメッセージは、寄り添った布団だけではなかった。彼女は赤ん坊が生まれた友人の話をして、私もほしくなっちゃったと言ったりもした。

抱いてほしいのだと、彼女は決して自分の口からは言えない。彼女にとってそれは悪魔の爪先《つまさき》に接吻《せっぷん》するようなものだ。

言えるわけがない。彼女はずっと「許し」を与えてきた天上の者なのだ。

しかし僕は言わせたかった。

私を抱いてと、妻に言わせたかったのだ。

雲の上の女神を、下々の者が住む醜い地上に引きずり下ろしてやりたかった。

だから僕は、この子供じみたゲームをやめるきっかけを逃してしまった。

ある日、妻が突然仕事を辞めた。

いつものように朝起きると妻が部屋着でくつろいでいた。いつもならスーツ姿で慌ただしく化粧をしている時間だ。今日は休みなのかと聞くと、妻はにっこり笑って答えたのだ。

「昨日で会社、辞めたの」

僕はネクタイを結ぶ手を止めた。

「辞めたって？」

「そう。今日から専業主婦になって一生懸命家事をするわ。今まで手伝わせちゃってごめんね」

僕は言葉が出なかった。

そんな馬鹿な。いつ僕が「家事に専念してほしい」などと言った。謝ってもらっても困る。彼女の収入がなくなったら、僕の収入だけで暮らさなければならないのだ。ローンだって残っている。何故《なぜ》一言の相談もなく、とそこまで一気に考えたところで、僕は肩を落とした。何故も何もない。妻が反撃に出たのだ。僕はただ黙って頷《うなず》いた。

「これからは倹約しないとならないよ」

僕は優しく微笑《ほほえ》んでそう言った。ここで怒鳴り散らしたら負けだと思ったのだ。

「分かってるわ。私って意外とやり繰り上手なのよ」

妻もそう言って微笑んだ。その勝ち誇った笑みに、僕の笑顔は凍りついた。

せめてあの時、謝っていればよかったのかもしれないと思う。でも僕は負けを認めるのが癪《しゃく》だった。何もかも、彼女の思うように操られてたまるかと思った。

妻は会社を辞めてから、まず部屋中の模様替えを始めた。自分で作ったらしい巨大なパッチワークのカバーがソファにかけられ、ドライフラワーやキャラクターのぬいぐるみが部屋に飾られた。

僕の髭《ひげ》剃《そ》りやミステリーの本は見えないところにしまわれた。ヤクザ映画のビデオと貼《は》ってあった巨乳アイドルのポスターは捨てられてしまった。

しかしまだこの頃は、妻は悪意でそれをやっていたわけではないと思う。ただ家の中をきれいにして、いい奥さんであることを示したかっただけなのだと思う。

毎日ちゃんと用意された夕飯は、婚約時代のそれよりももっと豪華で手の込んだものだった。いつも部屋は塵《ちり》ひとつなく、風呂やトイレは磨かれてぴかぴかだった。

彼女は懸命に「よき妻」を演じていた。

僕にはそれがとても重荷だった。そろそろ僕の方から折れなくてはいけないことは分かっていたが、背中の重荷は思った以上に僕の性欲を減退させた。いや、正確に言えば〝妻に対する性欲〟だが。

彼女には非の打ちどころがなかった。なのに僕は、何故か妻への愛情が冷えていくのを感じた。

子犬のような濡《ぬ》れた瞳《ひとみ》で、僕を見上げる妻。ふと見ると彼女はいつも私の顔を見ている。知らん顔で横顔を見せていたかつての彼女が恋しかった。僕が許しを乞《こ》うと、ゆっくりこちらに顔を向けて微笑んだ彼女はもういなかった。

何とかしなければならないことは分かっていたが、僕は妻と話し合うのが恐かった。

今までは、風呂上がりでもちゃんとパジャマを着込んで出てきた彼女が、黒いレースの下着姿で冷蔵庫を開けに来た。寝室に置いた鏡台の上に、どこで買ったのか一ダースもコンドームの箱が置いてあった。

ほんの一年前ならばかえって喜んだかもしれない出来事なのに、嫌悪感で胸が苦しかった。僕は何も見なかったふりでテレビのスイッチを入れた。朝起きると妻の目が赤く腫《は》れていることにさえ、僕は気づかぬふりで家を出た。

そんなある日の晩。二人で並んで布団に入り、お互いの息が寝息に変わっていくのを耳を澄まして待っていた、いつもの夜。彼女はぽつんとこう漏らしたのだ。

「あの着物があったらなあ」

そう呟《つぶや》いてから妻は寝返りを打ち、僕に背中を向けた。

最初、僕にはその意味が分からなかった。何を言ってるんだ、と思いながら、僕も妻に背を向けた。

その時僕は唐突に、妻の言葉の意味を理解した。彼女は明日、友人の結婚式に出席する。何を着て行こうか、妻は先程までずっと鏡の前でありったけのドレスを合わせていた。

あの着物とは、僕がキムチをこぼして駄目にした、あの振り袖《そで》のことだ。しかし彼女はもう結婚もしているし、振り袖を着られる歳ではない。

彼女は、僕を許してなどいなかったのかもしれない。

ただ罪を犯した者を罰するため、許しを与えたふりをしていたのだ。こうやって相手がつけあがった時に、切り札としてちらつかせるために。何様だと思っているのかと。

僕は愕然《がくぜん》として闇《やみ》の中で目を開けていた。

彼女の優しさが、人より優位に立つための手段であるなんて僕は信じたくなかった。

では、どうして彼女は今あんな台詞《せりふ》を口にしたのだ。彼女の心の奥底に隠されたプライドの沼まで、僕は行き着いてしまったのだろうか。そんな風景を僕は見たくなかった。僕が見ていたかったのは、彼女のきれいな横顔だけだったのだ。でも僕は彼女の中の底なし沼に足を踏み入れてしまった。

僕は目を閉じた。闇は一層深くなった。

表面上は何事もなく装い、お互いひどく感情を抑えつけた生活がどのくらい続いただろう。

ある日、出社して鞄《かばん》の中からシステム手帳を出そうと思ったら、それがなかった。その少し前から鞄に入れたはずだった文庫本や資料のコピーがなくなっていたことがあった。その時は、自分でどこかに置き忘れたのだと思っていたのだが、大事な顧客リストや資料が挟んである手帳をうっかり置き忘れるわけがなかった。

考えたくはなかったけれど、僕は妻を疑った。家の中で厭味《いやみ》な態度を取るぐらいなら我慢できても、仕事に支障が出るようでは困る。問い詰めて白状させてやると思いながら帰宅すると、妻はいつにも増して表面上は機嫌がよかった。珍しく早く帰った僕を、大袈裟《おおげさ》に喜んで迎え入れてくれた。

出端《ではな》を挫《くじ》かれた僕は、いつ言いだそうかと思いながら着替えるために寝室に入った。そして何気なく覗《のぞ》いたゴミ箱に、システム手帳に挟んであったはずの名刺を見つけた。銀座のバーの名刺だ。ずいぶん前に一度だけ上司に連れられて行った店のものだ。

妻は自分の悪事を隠そうとしていなかった。そうやって、自分がやったのだという証拠を僕に見せつけた。

彼女は怒っているのだ。憎しみに近いほど僕に腹をたてているのだ。これが彼女の憎悪の表し方なのだ。

僕には彼女を問い詰めることなどできなかった。なす術《すべ》がなかった。僕達は何も問題がないような顔をして暮らしている。感情を爆発させた方が負けだ。もし僕がここで妻を叱《しか》りつけたりしたら、妻は待ってましたとばかりに僕を責めたてるだろう。いったい私のどこが悪かったのと。

そうだ、祐実は悪くない。妻としての務めを果たし、夫である僕に尽くしてくれている。悪いのは僕だ。もし僕が別れたいなどと口にしたら、きっとこのマンションなどは慰謝料として取られてしまうだろう。

いや。今でも既に、僕が買ったはずの僕の部屋は妻の趣味で飾られている。もうこの部屋は妻のものだった。大きな無力感が僕を襲った。

僕は午後から出社した。

のろのろとデスクに着くと、伝言メモが二枚置いてあった。二枚とも僕の母親からだった。会社の方にそれも午前中に二度も電話をしてくるなんて、何かあったとしか思えない。僕は急いで母のところに電話を入れた。

「ああ、あんた。どこで何してたの」

いきなり僕は学校をさぼった小学生のように母に叱られた。

「何だよ。何かあったの？」

「何かあったのじゃないわよ。今日は早くに家を出たんでしょう？　それがどうして午後まで会社に来ないわけ？　あんた、どっかで浮気でもしてるの？」

もう十年以上も前から別々に暮らし、それからも数えるほどしか連絡を取らないできた母親から、何故そんなことを言われなくてはならないのだろう。

「何言ってんだよ。用事は何だよ」

「さっきね、祐実さんから電話がかかってきたんだよ」

僕は受話器を取り落としそうになる。

「え？」

「泣いてたよ。あんたが何か怒ってて冷たくされてるんだって。子供もほしいのに、もう何ヵ月も一緒に寝てくれないって」

母もそんなことを言うのは気恥ずかしいのだろう、そこでひとつ咳《せき》をした。

「そんなこと、あいつ言ってたのか?」

「言ってたわよ。あたしだってびっくりしたわよ。朝っぱらからそんなこと聞かされて、電話で泣かれちゃってさ。喧嘩《けんか》でもしたの?」

「……いや」

「祐実さんのわがままなのかい?」

「いや。よくやってくれてるよ。給料安いのに我慢してくれて」

「じゃあ、もう少し優しくしてあげなさいよ。あんたには出来すぎたお嫁さんなんだからね。それにあたしだって孫の顔が見たくないわけじゃないし。祐実さんがほしいって言ってんなら、そろそろつくればいいじゃないの」

曖昧《あいまい》に僕は返事をする。母はじゃあ頑張りなさいよと明るく言って電話を切った。

僕は受話器を握ったまま、長い間放心していた。


その日僕は、酒も飲まず早い時間に帰宅した。

妻は少しも驚いた顔をせず、用意してあった夕飯をテーブルに並べた。彼女は毎日、僕が帰って来ないのを分かっていて食事の用意をしていたのだろう。僕は味噌汁《みそしる》の入った鍋《なべ》を覗《のぞ》こうとしたが、少し考えてやめておいた。世の中には知らない方がいいこともあるのだ。

僕の母親に電話をしたことを妻はまったく口にしなかった。にこにこ笑って近所の人の話や今日見たテレビの話をした。

妻はこれから、今日のような電話を誰かにする気だろうか。僕の友人や自分の両親に泣きつくつもりなのだろうか。それをやめさせる手段はひとつしか思いつかない。僕は自分の腕に鳥肌がたっていることに気がついた。

夕飯が済むと僕は妻が沸かした風呂《ふろ》に入った。入浴剤は僕が好きな柚子《ゆず》の香りだ。

僕が上がると、入れ代わりに妻が風呂に入った。これみよがしに僕の見ている前で服を脱ぎ、子供のようにパタパタと風呂場に走って行く。

妻がいなくなると僕は寝室のゴミ箱を探ってみた。思った通り、僕の定期券がバラバラに切り刻まれて捨ててあった。半年分の定期券をまた買わなければならない。いや、しばらくは切符で通った方がいいだろう。

喉《のど》の渇きを覚えて僕は冷蔵庫を開けた。僕の好きな銘柄のビールがちゃんと冷えている。それも瓶ビールだ。以前僕が缶より瓶の方が断然おいしい気がすると言ったのを、彼女はちゃんと覚えていたのだ。

妻がバスローブ姿で風呂から上がって来た。僕がビールを飲んでいるのを見て、私も一杯もらおうかなと笑った。

その笑顔に僕は鼻の奥の方がツンと痛むのを感じた。僕は妻を愛しているのだろうか。

自分のことなのによく分からなかった。

そしてその晩、いつものようにぴったり並べられた布団に僕達はもぐり込んだ。

約一時間、僕は悩んだ。暗い寝室に時計の音だけがコチコチと響いている。

僕は右足を妻の布団に差し入れた。そしてゆっくりからだを移動させる。妻の両手が、僕の背中を強く抱きしめた。僕は彼女のパジャマのボタンに手をかける。

「やめて。疲れてるの」

はっきりと妻はそう言った。そして、ぷいと横を向く。

僕の手は行き場をなくした。

人生三度目の土下座を、僕はするべきなのだろうか。

子宝

人は私を「お嬢様」と呼ぶ。

実家に古くからいるお手伝いさんと運転手さんは、愛を込めてそう呼んでくれる。父と母の知人達は、どこか奸計《かんけい》を含んだ言い方で私をそう呼び、学校の友達は明らかにからかって、時には軽蔑《けいべつ》を込めて私をそう呼んだ。

そして、夫も時折「お嬢様」と私に呼びかける。

その言葉には、少しの羨望《せんぼう》と大きな諦《あきら》め、そしてかすかだけれど確かに愛を感じる。といったら自惚《うぬぼ》れだろうか。

「お嬢様」

ほら、夫がまた私をそう呼んだ。

裸の腰にバスタオルだけ巻き、眉間《みけん》に皺《しわ》を寄せて夫は私を見下ろしていた。

「鈴子お嬢様。ちょっとお尋ねしたいんですけど」

夫は低くそう言った。丁寧な言葉遣いをする時は彼の機嫌の悪い時だ。私は小さく頷《うなず》いた。

「風呂《ふろ》場に毛ガニがいるんですけどね」

「ええ」

「どうして、うちの風呂場に毛ガニがいるんですか」

私は絨毯《じゅうたん》の上に座ったまま、しばらく夫の顔を見上げていた。

「昨日、クール宅配便が来て……」

「開けてみたら毛ガニが入ってたわけ？」

「ええ」

「それで、どうして風呂桶《おけ》の中に入れるの？」

「だって、生きてたんですもん」

夫はふっと目を閉じると、首を左右に振った。

「あのね、ペットにしてほしくて送ってきたわけじゃないと思うよ、俺《おれ》は」

「私もそう思ったけど」

「思ったけどなんなんだよ」

夫は急に大きな声を出し、私の左頰《ほお》を思いきりつねった。私はただされるがままじっと我慢していた。

「あのな、いくら鈴子がお嬢様でも、一応主婦になったんだからさ。実は昨日北海道の中村さんからカニが届いたのよ、あなた出張でいなかったからとりあえず茹《ゆ》でておいたの、とか言うのが普通じゃないか？」

「うん、まあ、そうなんですけどね」

私はつねられた頰を手でさする。でも、生きてたんだもん。生きてるものをどうやって殺せばいいのよ。私はそう思いながら裸の夫をじっと見上げた。

「ああ、分かった分かった。そんな恨めしそうな顔すんな。とにかく鍋《なべ》と風呂に湯を沸かしな。俺が茹でてやるから」

「駄目」

歩きかけた夫の腰に巻いたバスタオルを私は摑《つか》んだ。落ちそうになったタオルを夫はすんでのところで押さえて前を隠す。

「何すんだよ」

「殺しちゃ駄目」

「殺さないでどうすんだよ」

「だって、もう名前つけちゃったもん」

夫はがくりと肩を落とす。

「名前って？」

「知床《しれとこ》ちゃん」

「じゃあ聞くけど、知床ちゃんに何を食べさせて飼育していく気なんですか？」

聞かれて私は絶句した。カニは食べたことがあるけれど、カニが何を食べるかは知らないのだ。そのとたん、私は逆の頬をぎゅうっとつねられた。

「いたたたた」

「あのまま生かしておく方がよっぽど可哀相《かわいそう》なんだよ。こうなったら食ってやるのが人間の務めなの」

そうして夫は私がしくしく泣いている間に風呂場を掃除して、キッチンの大鍋に熱湯を沸かし、知床ちゃんを放り込んだ。

風呂に入ってビールを飲み、知床ちゃんを食べた夫はすっかり機嫌を直し、私にも食べろと勧めたけれど、どうして私に食べられるだろうか。と思いつつ、私も足を一本食べた。けれど、それはあまりおいしくなかった。そう夫に言うと彼はビールを口に運びながら笑って言った。

「怨念《おんねん》じゃないの」

その晩、私は大きなカニの怪獣に襲われる夢を見てうなされた。

出張から帰って来た夫は、三日後にはまた出張に出てしまった。

無用に広いマンションに、私は一人きり。でもそれは悪い気分ではない。カニの知床ちゃんと二人きりよりずっといい。「お嬢様」の私は、一年前にお見合いをして結婚した。お見合いといっても、断れるタイプのものではない。本人に会う前、いや、写真を見る前から決まっていた結婚だった。

人はそれを政略結婚と呼ぶ。

パパとママの仕事は古美術商である。私が十二歳になった時、プレゼントしてくれたアンティークの指輪は、パパの店では0を六個付けて売っているらしい。今、店といったけれど、実際にはショールームはない。ふりの客は相手にしないということだ。ママは専業主婦ということになってはいるけれど、お得意様の奥様とお付き合いをしたり、パパと大きなパーティーに出掛けて行くのはママの仕事である。怠けていたわけではなく、現実的にママには家事や育児に割く時間がほとんどなかった。

　そして夫のお父様はある財閥系の会社の社長さんで、その社長さんのお父さん、つまり会長さんはうちの超お得意さんというわけなのだ。

　パパはどうしてもどうしても、その財閥と親戚《しんせき》になりたかった。その気持ち、私にはよく分かった。本当なら私が男に生まれてきて、パパとママの仕事を継いであげられればよかったのに、私は女で、その上おつむの方もちょっと弱い。

　代々受け継いできた仕事を、他人に渡すのはさぞや無念だろう。それならば、せめて私の夫になる人に継いでもらいたい。その気持ち本当によく分かる。厭味《いやみ》じゃなくて、私もそれが両親に対して唯一できる親孝行だと思っているのだ。

　だから私は結婚した。よく知らないけれど、何だかすごいらしい財閥の会長の孫と。今時、政略結婚で。

　そういうと話はすごそうだが、実際はどうということもない。夫は四男だし、私のパパが現役を退くまで、彼は以前のまま商社に勤めている。夫は格式張った実家の行事が嫌いで、自分はもちろん私にも行かなくていいと言ってくれるし、実際行かなくても大した問題はないようだ。

というわけで、今の私はちょっと裕福なだけのただの専業主婦である。夫は仕事が忙しく、ほとんど家で食事をすることはない。することといえば掃除ぐらいである。そしてあとは子供を産むだけだ。

そう考えたとたんに背筋がぶるっとした。これ以上考えるのはやめよう。

私に許嫁《いいなずけ》がいることを聞かされたのは、女子校の高等部に上がった春だった。鈴子のお婿さんが決まったの、将来その人と結婚してくれるわね、と母は少し悲しそうな顔で言った。

不思議なくらい反発はなかった。親戚のお姉さん達が皆お見合いで結婚していくのを見てきたせいだろう。だから私は十六の歳に、自分の人生をお終《しま》いまで見渡せてしまったような気がした。

私は見知らぬ人と結婚する。けれど、それはパパとママが選《え》りすぐってきたカードなのだ。私というカードと、その見知らぬ人というカードが組み合わさると、きっと何もかもが円滑に運び、皆が幸せになれるのだ。パパとママが「くそじじい」や「マザコンの馬鹿息子」を私にあてがうはずがない。愛されている私に与えられるのは良いカードに決まっている。パパにもママにも、会社で働いてる人達にも、幸運をもたらす強いカード。

だから私は同い年の女の子達が持っているような、結婚に対する夢は微塵《みじん》も持っていなかった。愛するパパとママが、そして彼らの従業員達が、そして何より私自身が、不安を持たずに生きていくための手段がこの結婚だった。相手など、目と鼻がついていて普通の常識を持っている人ならば誰でもいい。

そう思っていたのに。

私は何だか騙《だま》されたような気分になっている。結婚は政治的経済的な契約だと割り切っていたはずなのに。

相手はカードではなく、血の通った人間だったのだ。


日曜日に、夫が一日中家にいることは珍しい。

私はソファに凭《もた》れて座っていて、膝《ひざ》の上には夫の頭が載っている。彼は大きな体をソファに横たえ、私の膝を枕《まくら》にしているのだ。午後の日差しが絨毯の上で淡く光っている。彼は瞼《まぶた》を閉じてぐったりとし、綿のシャツを着た胸がかすかに上下していた。

夫の額《ひたい》にかかった前髪に、私はそっと触れた。けれど彼は目を開けない。

こんなはずではなかった。私はそっと息を吐いた。

結婚生活に、こんな安らぎがあるだなんて私は予想もしていなかった。守ってくれる男の人がいて、その人が休日に私の膝で子供のように寝息をたてることが、こんなにも甘い気持ちを連れてくるなんて知らなかった。誰もそんなことは教えてくれなかった。

「夕飯、どこに食べに行こうか」

眠っていたと思っていた彼が、突然そう呟《つぶや》いた。私は慌てて彼の髪から手を離す。

「どこって……作るわよ」

「いいよ。鈴子は料理が嫌いなんだろ」

瞼を閉じたままで、夫はククと喉《のど》で笑った。

「あなたがいる時ぐらいは作るわ。そうじゃなきゃ私の存在意義がないじゃない？」

「存在意義ねえ」

夫はそのまま体の向きを変え、私のお腹にしがみついてきた。

「柔らかいな。女って柔らかい」

「最近、ちょっと体重増えたし」

「もっと増やしていいよ。柔らかいだけで存在意義があるよ。女でガリガリしてたり、カリカリしてるのはタイプじゃない」

私のお腹に顔を埋《うず》め彼は笑いながら言った。私は返事に困りただ彼の背中をそっと撫《な》でた。それがお世辞でも冗談でもないことを私は知っている。彼は本当のことをはっきり口に出せる人だ。

初めて彼に会ったのは、もちろんお見合いの席だ。写真で見た感じよりもずっと大きい人だった。肩幅が広く骨太で背筋がぴしりと伸びている。十歳年上だから、もっとおじさんかと思っていたのにとても若く見えた。

お互いの両親が席を外して二人きりになると、彼はいきなりこう言ったのだ。

この見合いを君が断れないことは知っている。僕の方も断る理由がない。だから僕達は結婚するんだ。

巨大なホテルの中にある、わざとらしい日本庭園を並んで歩きながら彼は言った。私はただ自分の草履の先だけ見ていた。

結婚は、契約だ。

彼の一言に私は立ち止まった。見上げた彼の目元が優しく弛《ゆる》められていた。

僕は君を一生大切にする。契約なのだから破らない。嫌でもこれから二人で一生暮らしていくんだ。それならば愛し合っていこう。

臆面《おくめん》もなく、照れもせず、彼はそう言った。

正直なことをいって、私はとても戸惑った。お互いの家の利益のために契約としての結婚をする、ということを私も最初から承知していた。けれどまさか「愛」まで頂けるとは思っていなかったからだ。

レースのカーテン越しの光は、傾いてオレンジ色に変わってきた。そろそろ夕飯の支度をしないとならない。何せ料理は不得意なので最低二時間はかかるのだ。

「そろそろ、お米研《と》がないと」

私は夫の肩をついて起こした。彼は拍子抜けするほどあっさり私から腕を離し、今まで甘えていたのが嘘《うそ》のように置いてあった経済誌を取り上げて読みはじめた。

私はキッチンに行き、エプロンを掛け、溜《た》め息をひとつついてから米びつを開けた。今日の献立はデパートで買っておいた冷凍のコロッケとエビフライ。それにほうれん草とベーコンのサラダを作るつもりだ。料理好きな人にはちょろいメニューだろうけれど、嫌々やっている私にはうんざりだ。

ま、これが結婚ってものなのだから仕方ないとお米を研ぎだした時、玄関のチャイムが鳴った。雑誌に目を落としていた夫が、急いで濡《ぬ》れた手を拭《ふ》こうとした私を制してインターフォンに出る。はい、いつもお世話になっています、と彼は愛想よく言ってからこちらを見た。

「隣の人」

「あら、何かしら」

「何かおすそ分けだって。俺が出るよ」

夫はそう言ってリビングを出て行った。普通男の人というのは、近所の人と接触したがらないと思っていたので私は少し驚いた。彼の意外な面がまたひとつ分かって私は微笑《ほほえ》む。

玄関の方から夫が誰かと話す声が聞こえた。その声はどうやら男性の声だ。奥さんかと思っていたら旦那《だんな》様の方らしい。だから夫は進んで出たのかもしれない。

「鈴子、鈴子」

ドアが閉じた音がした後、夫は嬉《うれ》しそうな足音をたててキッチンに入ってきた。

なあに？　と振り向いた瞬間、目の前にぬっと大きな魚が差し出された。ぎらぎら銀色に光る鱗《うろこ》と、ぎょろりと黒い目玉が私の鼻先にぶらさがっている。

私は思わず「キャー！」と大声を上げ、キッチンの隅まで飛びのいた。夫も驚いて、持っていた魚を床に落とす。腰を抜かした私の前に、魚がごろりと転がっている。

「なんだ。その過剰反応は」

夫はカニの時のように、眉間《みけん》に皺《しわ》を寄せてこちらを見下ろしている。

「だだだって」

「お隣のご主人が釣りに行って来たんだとさ」

「やあよ。そんなの私、困る」

「あのなあ」

「だってだって、死んでるんですもん」

歯の根がかみ合わない私は、必死で言った。夫は額に手を当てて息を吐く。

「カニの時は、生きてるから駄目だって言ってたぞ」

私は頷《うなず》くことができず、ただじっと夫の顔を見上げた。

「何も鈴子に三枚におろせって言ってるわけじゃないだろう。そんなことまで要求しないよ」

何とか私は頷いた。

「でもさ、言わせてもらえば、ちょっと大袈裟《おおげさ》すぎないか」

夫は床に落ちた魚を拾い上げる。

「そこにあるベーコンだって、衣かぶったエビだって、前は生きてたんだぞ。こいつが切り身になって出てくれば、君は平気なんだろう？」

キッチンの隅に置いてある大きなゴミ箱の蓋《ふた》を夫は開けた。

「言いすぎかもしれないけど、一事が万事なんだ。君は知らなさすぎる。食べ物がどこからどうやって食卓にやって来るか。通帳に入っているお金は、誰がどうやって稼いでそこに入金しているか。どうして君は毎日ここで暮らしているのか」

夫は魚をゴミ箱の中に落とした。

「少し考えた方がいい。もう君はお嬢様じゃなくて、奥様なんだからね」

無表情のまま夫はクローゼットからジャケットを出して羽織り、玄関から出て行った。

私は床にへたったまま、その冷たい背中を見送った。

夫は二時間後に帰って来た。

そのままキッチンの床で脱力していた私を見て、きついことを言ってごめん、と謝った。私はただ首を振った。

仲直りにドライブに行こうと誘われ二人で出掛けた。夕飯は海のそばのレストランで食べた。私はまったく食欲がなかったけれど、我慢してサラダだけ食べた。

夫はその晩、私を抱いた。彼が私を抱くのはだいたい二週間に一度だ。新婚夫婦では少ない方かもしれないが、私達は見合い結婚だし、そんなものかもしれない。

夫は優しい。他の男性との経験がないので比較のしようがないのだが、それでも夫はとても優しくしてくれると思う。済んだ後にすぐ背中を向けて眠りこんだりしないし、いつも十分ほど私に腕枕《うでまくら》をし髪を撫《な》でてくれる。

「赤ん坊ができたかな」

シーツの中で体を寄せあっていた時彼は呟《つぶや》いた。私は答えず微笑んだ。

「男の子がほしい？　女の子がほしい？」

夫は私に聞いてくる。

「どっちも」

「そうだな。どっちもつくろう」

夫は枕元の目覚まし時計を見上げ、そして私の首の下から手を抜いた。起き上がってパジャマを着、おやすみと言って目をつぶった。

夫はもう寝息をたてている。私はベッドから降りて裸のまま立ち上がった。そして夫の寝顔を見下ろした。

二週間に一回の判で押したような模範的なセックス。そして十分きっかりの後戯。これが義務でなくて何だろう。そして男の子と女の子が生まれたら、彼はその義務から解放されると思っているのだろうか。

どっちも、と言ったのは、どっちもいらないという意味だということに、夫はまるで気がつかない。

そして、こんなふうに自分の妻から寝顔を見つめられていることすら、彼は一生気がつかないに違いない。


結婚してからというもの、徐々に食欲が落ちていた。いや、正確にいうならば、食欲がないわけではないのだが、まともなものを食べる気になれないのだ。

もともと肉や魚はあまり好きではなかったけれど、最近は特にそういうものを口にする気になれなかった。

今や私の食生活は惨憺《さんたん》たるものだ。夫がいない時はだいたいお菓子で済ませてしまう。ポテトチップスやロールケーキやお煎餅《せんべい》が私の主食だ。それでは太って当たり前だった。

それでも以前は、夫が家にいる時は義務だと思って食事の支度をした。けれど最近はスーパーマーケットに並んでいるシャケの切り身が、食べ物ではなくただのシャケの死体に見えてしまって吐きそうになる。

食事の用意をしていないことに、夫は特に不満はないようだった。どうせ月に一度か二度なのだ。無理して作られるより、レストランに行った方が彼も気持ちがいいのかもしれない。

その日も私は、虎屋の栗蒸し羊羹《ようかん》を食べながら午後の連続ドラマなど眺めていた。

電話が鳴ったので私はのろのろと立ち上がり、受話器を取った。最近は何をするのも億《おっ》劫《くう》できびきび動けない。

「鈴子。うちのばあさんが危篤だ」

夫の声だった。突然そんなことを言われて私は絶句した。

「今、兄貴から電話があったんだ。堺《さかい》記念病院に担ぎ込まれたって言うから、すぐ行ってくれないか。俺《おれ》もすぐ行くから」

冷静な夫の声。けれど私はすっかり気が動転してしまった。

「き、危篤って……」

「危篤って言うなら危篤なんだろ。前にも心筋梗塞《こうそく》をやってるから、今回はもう駄目かもしれない。とにかく行ってくれ。俺の携帯の番号分かるな？」

「……う、うん」

「俺もすぐ行くから。でも死んだら電話しろ」

そう言って夫は電話を切ってしまった。私は受話器を持ったまま立ちすくむ。

その病院はうちから徒歩五分の所にある。どう考えても逃げられない。倒れたのは夫の祖母だし私は夫の家の嫁なのだ。行くのは義務だ。

それでも極力ゆっくり支度をして、私はマンションを出た。沢山いる親戚《しんせき》が一人でも多く来ていて、自分のすることがないといいと私は願った。

しかしその願いは叶《かな》わなかった。病室にたどり着くとベッドサイドにいた人間はたった二人だった。ベッドの上の老女の手を握っていたのは長男のお嫁さんで、もう一人は看護婦だ。

「鈴子さん」

義理の姉は私の顔を見たとたん、ほっとした顔をした。

「悪いけどちょっと代わってくれない？　私、家に電話をかけないと」

「え？」

「お義父《とう》さまとお義母《かあ》さまは、今先生に話を聞いてるの。子供を家に放って来ちゃって、電話入れておかないと」

「で、でも」

「すぐ戻るから。お願いね」

義理の姉はそう言うと、立ち上がってさっさと病室を出て行ってしまった。私は途方に暮れて老女を見下ろした。心電図のようなものを見ていた看護婦が訝《いぶか》しげな顔をした。それでも私は動けなかった。

老女は、体中に管を繋《つな》がれ死んだように横たわっていた。肌は赤茶け、醜い染みが浮いている。腕も足も痩《や》せこけ、白い髪はすっかり薄くなり、荒れた地肌が見えていた。

ずっと具合が悪いとは聞いていたけれど、こんなになっていたなんて知らなかった。結婚式の時に一度会ったきりだったが、その時はもっとふっくらして髪は豊かな銀髪だった。健康という感じはしなかったが、それなりに綺麗《きれい》なおばあさんだったのに。

その人が今、目の前で朽ちている。もうすぐ死体になろうとしている。

「手を握っていてあげて下さい」

平坦《へいたん》な声で看護婦が言った。私はびくりと震え、それでも何とかベッドサイドの椅子《いす》に腰を下ろした。

近づくと何か異様な匂《にお》いがした。喉《のど》がからからに渇き、膝《ひざ》が笑っている。私は息を飲み、老女の点滴の針がささっていない方の手に触れた。

骨の上に皮だけになってしまったような手は、意外と温かかった。ああ、まだ生きているんだと思った時だった。老女がふっと目を開けたのだ。そして私と目が合った。

自分でもびっくりするような声が出た。私は椅子から飛び上がり、逃げようとしてつまずき、床に転がった。恐かった。何が何だか分からず、ただ闇雲《やみくも》に恐ろしかった。両手で耳を塞《ふさ》ぎうずくまる私に、看護婦が「どうしました？　大丈夫ですか？」と盛んに聞いた。私はただ震えるばかりだった。

その後のことはあまりよく覚えていない。どこか別の部屋に連れて行かれて、私は注射を打たれて気を失った。目が覚めると私は自分の部屋のベッドの上だった。

咄嗟《とっさ》には自分がどうして洋服のまま寝ていたのか分からなかった。寝室は明かりが消えていて、ベッドサイドのスタンドだけがぼんやりと点《つ》いていた。すると、寝室のドアが開いた。入って来た夫の顔を見たとたん、私は今日の出来事を思い出した。

「気分はどう？」

夫はにこりともせずそう聞いた。

「……うん、大丈夫」

彼はワイシャツにネクタイ姿だった。ネクタイを弛《ゆる》めながら大きく息を吐き、壁際に置いてあるソファに腰を下ろした。

「あの、おばあさまは？」

疲れた感じで夫は私を見た。

「死んだよ」

私は言葉を失う。

「死んだけど、それはいいんだ。もう九十三だから。寿命だよ。通夜は明日」

ぎくしゃくと私は頷《うなず》く。

「それより、どうして悲鳴なんかあげたんだ？」

悲しそうな夫の目がこちらを見ている。それは失望というよりは、軽蔑《けいべつ》に近かった。

「看護婦に聞いたよ。ばあさんの手を振り切ってでかい声でキャーッて叫んだんだって？俺のばあさんはゾンビか？」

「……違うの」

「何が違うんだよ。カニや魚なら笑い話で済むけど身内にそれはないだろう。デリカシーってもんが君にはないのか？」

私は顔を両手で覆った。泣くまいとしても、嗚咽《おえつ》が勝手にこみ上げてくる。しばらく泣いているとベッドが軋《きし》み、夫が隣に腰を下ろす気配がした。そして私の頭に手を載せた。

「ばあさんのことだけで怒ってるんじゃないんだ」

ぱさりと何かが私の膝のあたりに投げられた。私は顔から手を離す。すると白い薬の袋が目に入った。表には私の名前が書いてある。

「台所のテーブルの上にあったよ。それってピルなんだろう？」

そうだ、お昼に飲んでしまおうと思っていたところで夫の電話を受けたのだ。いつもちゃんと隠してあるのに、動転したせいで忘れてしまった。

「子供がほしくないならほしくないって言えばいいじゃないか。どうしてこっそりピルなんか飲んだりするんだよ」

彼は「俺には鈴子が分からない」と呟《つぶや》いた。そしてゆっくり立ち上がり、ドアに向かって歩き出す。私はその背中に言った。

「あなたは本当に子供がほしいの？」

ちらりと夫が振り向く。

「いらないって言ってくれたら、私、産んでもいい」

「どうしてそう、訳の分からないことばかり言うんだ？」

そう言い捨てて彼は出て行った。閉じられたドアの音が、冷たく寝室に響いた。

祖母のお葬式は盛大だった。

大きな斎場を借りて行われたそれには、数えきれないほどの弔問客が訪れた。私は萎《な》えそうになる体と気力に鞭《むち》を打ち「嫁」の役を必死で演じた。

そのせいか、夫はいつもの喧嘩《けんか》の後のようにまた私と仲直りしてくれた。

彼は私を大切にしてくれる。私が妻という立場を飲み込み、その責任と義務をちゃんと果たしている限り、私を大切な者として扱ってくれる。

祖母の死による一連の儀式が終わると、生活は元通りになった。夫はまた国内や海外への出張を繰り返し、私はただ退屈を持て余して、甘いものを食べてはソファの上で惰眠を貪《むさぼ》っている。

でもある日、私は珍しく遠出をした。といっても電車で一時間ぐらいの、郊外の街へだが。

メモに書かれた住所を頼りに住宅街の中を歩いた。古くからの街らしく、曲がりくねった路地が多く、住居表示がきちんと並んでいなかったので、そこにたどり着くまでに私は三回も人に道を聞いた。

その人の家はマンションではなかった。古びた木造アパートの一階の一番奥で、ドアの横に二槽式の洗濯機が置いてあった。私は少なからずショックを受けた。チャイムはなかったのでドアをノックした。すると中から明るい女性の声が「はあい」と答えた。ドアが開かれる。その女性が顔を出した。

彼女は私を見て、誰かしら、という顔をした。細い顎《あご》と、折れてしまいそうな首。けれど意志の強そうなくっきりした両目を持っていた。

「向井と申します」

そう私が言ったとたん、彼女の口許《くちもと》に浮かんでいた笑みがすっと引いた。しばらく私達は見つめあった。門前払いされるかなと思った時、彼女がにっこり笑って「どうぞ」と私を部屋の中に招き入れた。

台所に置いたテーブルの前に、私は座らされた。キッチンテーブルには安物のビニールのクロスがかかり、ガスレンジもその上の鍋《なべ》も油で汚れていた。出された紅茶茶碗《ぢゃわん》には茶渋がつき、銀のスプーンも磨かれてはいなかった。台所の奥の和室には子供のおもちゃが溢《あふ》れ、そして二歳ぐらいの子供が座布団の上で眠っていた。

黙って私はお茶を頂いた。彼女も向かい側に座ってお茶を飲んでいる。

「何でもおっしゃって下さい。覚悟はできてますから」

ふいに彼女がそう言った。私は顔を上げる。夫が嫌いだと言ったはずの、痩せた女が私を見ていた。

彼女は夫の愛人だ。いや、私と知り合う前から彼らは恋人同士だったのだ。私が後から割り込んだのだから、彼女を愛人と呼ぶのはどこか違う気がする。

結婚してすぐに、私は夫に他の女性がいることに気がついた。それはワイシャツのボタンだった。私とはまったく違う付け方で、しかし明らかに人の手で付け替えられたワイシャツのボタン。背広ならまだしも、ワイシャツのボタンを何の関係もない、例えば会社の女の子などが付けてくれるわけがない。

そして、それを付けた人は、自分の存在を私に示そうとしたのだ。隠したかったらそんなことはしないだろう。

興信所を使って調べたら簡単に分かった。夫には昔からの恋人がいて、そして私と結婚した今でも関係は続いていること。二人の間に赤ん坊がいること。夫は毎月彼女に生活費を渡していること。

そして私はもうひとつ、認めたくないことを認めなければならなかった。私の両親は、当然このことを知っていたのだ。私と結婚する男の身辺を両親が調べないわけがない。そして彼に愛人がいても、私を一生正妻として扱うことを両親は何らかの手段で確認し、だから私には何も伝えず嫁に出したのだ。

私はもう一度、狭い部屋の中をそっと見渡した。彼はここに通っているのだろう。それにしても、どうしてもっと広くてきれいな部屋を借りてあげないのだろうか。お金なら彼は有り余るほど持っているはずなのに。もしかしたら、目の前にいる彼女が望んで、こういう部屋に住んでいるのだろうか。

「聞きたいことがあるんです」

私の言葉に彼女は、はい、と頷いた。凛《りん》と背を伸ばし、まるで卑屈なところがない。

「私、子供を産むのが恐いんです。あなたは恐くなかったんですか？」

そんな質問されて、彼女は少し戸惑った様子を見せた。

「それは、私は結婚していないし、不安はあったけど」

そして、健やかな寝息をたてる自分の子供を彼女は振り返った。

「こうやって何とかなるものよ。世の中って」

彼女がそう言って微笑《ほほえ》んだ。

そうだろうか。本当に何とかなるものなのだろうか。

私は今までいったい何をしてきたのだろう。親の決めた男と結婚することが自分の務めだと決めつけて、なのにどうしても子供を生むという義務を果たせない。

生きているものが恐い。生きていくのが恐い。朽ち果てて死ぬのが恐い。

そして自分が、人間という種類の、ただの動物であることが恐ろしかった。

彼女はきっと何も恐くないのだろう。生きているカニも死んでいる魚も、もちろん死にゆく老人も。彼を失うことも、自分の命のバトンをお腹から生まれたものに渡して死んでゆくことも、当たり前のこととして受け止められるのだろう。

私はピルを飲むのをやめた。やめなければ今度こそ夫を失うのが分かったからだ。そして私はあっという間に妊娠した。

まだ平らな私のお腹の中に、確実にひとつ命が生まれた。私にはどうしてもそれを愛《いとお》しいと思うことができない。愛している男性の子供なのに。お腹の中の私ではない生物が、今も刻一刻と大きくなっている。むくむくと音をたてて。それが私には心底恐ろしかった。

契約であろうが何であろうが、メスはこうして妊娠して子供を産む。動物の生きる意味などただそれだけだ。

でも私はそれを、どうしても認めたくなかった。私は子供の製造機ではない。義務で子供を産みたくない。

よく考えれば、こうなることは最初から分かっていたはずだった。私の罪は、生まれた瞬間から考えることを拒否していたことだ。何もかも人のせいにしていた。そのツケを、今払わなければならない。

「大丈夫？」

黙ってしまった私に彼女が聞いた。

私は無理をして微笑んだ。そして思う。

無理をするのは人間だけだなと。動物は決して無理なんかしない。無理に子供を産んだりはしないと。

次はカニや魚に生まれてこようと思った。

おしどり

兄夫婦はとても仲がいい。

彼らを知っている人達は、皆口を揃《そろ》えて言う。彼らは本当に微笑《ほほえ》ましい。あれほど見ていて気持ちのいい夫婦を他に知らないと。大抵の男性は「ああいう嫁さんがほしい」と手放しで言うし、女性陣は少しのやっかみをこめて「あんな旦那《だんな》様がほしい」と言う。分からないでもない。私だってそう思わないこともない。でも四歳年上の実の兄と、三歳年上の義理の姉のおしどり夫婦ぶりを、私は素直に褒め讃《たた》える気にはなれない。

私のような尻軽《しりがる》で気ばかり多い女には縁がないであろう幸福を見せつけられて、僻《ひが》んでいるだけなのかもしれない。手が届かない葡萄《ぶどう》を見上げて拗《す》ねているのかもしれない。

だが、彼らが正しければ正しいほど、幸せそうに笑えば笑うほど、あまのじゃくの私にはそんな二人が痛々しく感じられるのだ。

私がこんなことを思っていると知ったら、きっと彼らは呆《あき》れるだろう。痛々しいのはあなたの方だと憐《あわ》れみの表情を浮かべるに違いない。

ほら、今だって義理の姉のいずみさんが、そんな顔をして私を見ている。

「真実《まみ》ちゃん、遠慮しないでしばらくここから会社に通ったらいいわよ」

実は大して遠慮なんかしていないし、言われなくてもしばらく居候させてもらう気でいたのだが、私は神妙さを装って頷《うなず》いた。

「それにしても今の子って恐いわね」

いずみさんは大袈裟《おおげさ》に溜《た》め息をつく。たった三歳しか違わないのに「今の子」はないだろう。それとも自分はもう現役引退で、恋愛沙汰《ざた》で大騒ぎしている私のような女はまだまだ子供だと思っているのだろうか。

「真実ちゃんのこと諦《あきら》められないからってそんなことまでするなんて。放っておいたら包丁持って来そうじゃない。警察には通報したの？」

「いえ、そこまでは」

「そんな人は何するか分からないんだから、ちゃんと警察に届けた方がいいわよ。でも真実ちゃんも付き合う男の人をもう少し慎重に選んだ方がいいかもね。こんなことになるなんて、本当に恐い」

いずみさんは大袈裟に恐がっているけれど、私自身はそれほどでもない。ただ面倒が嫌《いや》だったからここへ逃げて来ただけだ。

先週私は恋人だった男性に「もう別れたい」と告げた。彼を嫌いになったわけではなかったのだが、一年半ほど付き合ってそろそろ新鮮味がなくなってきたなと思っていたら、案の定私は他に好きな男ができてしまったのだ。気持ちが新しい人にいってしまうと、もう古い方とは手もつなぐ気になれない。

しかしそう正直に言ったら相手を怒らせるだけなので、私はとりあえず「見合いして結婚することになった」という見え見えの嘘《うそ》を口にした。するとそいつは「覚えてろよ」と捨て台詞《ぜりふ》を残して走り去り、翌日からいやがらせの無言電話をじゃんじゃんかけてきた。

　その上、近所の電柱や壁には私の悪口（サセコだのヤリマンだのインランだの）がでかでかとスプレーで書きつけてあるし、夜中に部屋まで押しかけて来て（もちろん開けてやる義理はない）ガンガン扉を叩《たた》いて大騒ぎをした。その時は管理人がつまみ出してくれたけれど、翌日会社から帰って来ると駅の改札口で待ち伏せしていたのだ。その目が何だか尋常じゃなくて、さすがの私も逃げたくなったというわけだ。

　兄とは子供の頃から仲がいいし、結構広いマンションに奥さんと二人で住んでいる。まだ子供のいない兄夫婦の家は、転がり込むのにちょうどよかったのだ。

「しばらく留守にすればそいつも諦めると思いますから。すみませんけど、しばらくお世話になります」

　とりあえず口では殊勝なことを言っておいた。いずみさんは首を振る。

「本当に遠慮しなくていいのよ。部屋は空いてるし、ずっと誠一さんと二人きりだったから、ちょっと倦怠期《けんたいき》なのよ。たまには誰かいてくれた方が楽しいわ」

　まったくよくできた女の人だ。全然倦怠期なんかじゃないのに、私に気を遣わせまいとそんなことを言っている。そこでチャイムが鳴った。

「あ、帰って来たわ」

ぱっと笑顔になっていずみさんは立ち上がり、玄関に走って行った。

「おー、真実。無事に来たか」

少し飲んで来たのか、赤い顔をした兄がリビングに顔を出した。兄には既に電話で事情を話してあった。

「お兄ちゃん、久しぶり。しばらくお世話になります」

「しょうがない奴《やつ》だな。付き合う男がどんな人間かぐらい分かんないのかよ」

「最初は優しくていい人だったよ」

「男を見る目がないね。少しいずみに男の選び方を習ってけ」

そう言って兄は妻の肩を優しく叩いた。

「やあだ、それは自分がいい男だって言いたいの？」

妻は目を細めてころころと笑う。

「そうそう。お互い見る目があれば、何も問題は起こらないってこと」

「そうね。誠一さんも女を見る目があるものね」

私が今居候の身でなかったら、お尻《しり》の下に敷いてあるふかふかのクッションを思い切り二人に投げつけただろう。この体中が痒《かゆ》くなるような会話は何だ。まさか小姑《こじゅうとめ》の私に厭味《いやみ》でわざとやっているのだろうか。

「今日は疲れたんで、すみませんけどもう寝ます」

いちゃいちゃと肩をつつきあっている二人に、私はしらっとそう言った。

「あら、真実ちゃん。一緒にお酒でも飲もうと思ってたのに」

「ごめんなさい。何か頭痛くて」

「あら、大変。大丈夫？　薬飲む？」

「いいえ、とにかくもう寝ます。ほんと、ごめんなさい」

へこへこと頭を下げて私は与えられた客間に引き上げた。これ以上見せつけられてたまるかと思った。


兄夫婦は結婚して五年目である。一年に二度ぐらいしか会わないできたけれど、二人は今でも新婚の時のまま仲良しに見える。

最初は私の手前そうしているのかもと思ったが、居候を始めて一週間たっても、二人が軽い言い争いをするのさえ見ていない。どちらかがどちらかに文句を言うことは私が見ている限りでは皆無である。何か要求がある時は「テレビのチャンネルをちょっと替えてもいいかな」とか「私が洗濯物を畳む間にお風呂《ふろ》の掃除をしてくれないかしら」なんて、外国人向けの日本語講座みたいな会話を本気でしているのだ。

私は二十五のこの歳まで、たぶん平均よりも多く恋愛をしてきたと思う。短いけれど同《どう》棲《せい》をしたこともあった。だから彼らの生活は私にとってまさにミラクルだった。

どんなに優しい男の人でも、恋愛関係が始まってある程度時間がたつと必ず化けの皮が剝《は》がれる。私の帰宅時間や交友関係に口を挟んだり、平気で目の前でおならをしたり、よく話を聞いてくれたはずの人が私が何を言っても聞く耳を持たなくなる。ただセックスだけが目的で、それさえあればあとはどうでもいいという感じの人もいた。

でもそれがそんなに悪いことだと私は思っていない。私だって最初は気取って女らしくしていても、だんだん気心が知れてくれば目の前で鼻もかむし、料理だって手を抜いて適当にその辺で買ってきたものを出したりする。恋人の話よりテレビドラマの最終回の方が大事になったりもする。それでちょっとした言い争いになったとしても、一晩抱き合って眠れば喧嘩《けんか》は曖昧《あいまい》になる。そんな馴《な》れ合いもまた恋愛の醍醐味《だいごみ》だと私は思っていた。

それが、兄夫婦の間にはないのだ。彼らに会うのは正月だったり親戚《しんせき》の集まりだったりこのマンションの購入記念だったりしたから、いずみさんは甲斐甲斐《かいがい》しく働いていて、可愛《かわい》い冗談を言って人を笑わせ、そりゃもうお嫁さんとしても一人の女性としても非の打ち所がなかった。兄も好青年を演じていた。でもそれはお祝いの席だからというだけのことで、普段は不機嫌になったりわがままを言ったりして過ごしているのだと思っていた。

それが違うのだ。彼らは二人きりの時でもそうなのだ。悪趣味だとは思いつつも、私はつい彼らの会話に耳を澄ませてしまう。風呂に入った時や、ベランダで煙草を吸う時（彼らの家は禁煙なので）や、先に客間に引き上げた後、寝たふりをした子供が両親の会話を盗み聞くように耳をそばだてた。

でも、あのまんま、なのである。

その週末の朝も、私は客用の羽毛布団の中で目を覚まし、ふすまの向こうから聞こえる二人の会話に耳を澄ませていた。

二人きりでいる時にも、彼らは思いやりのある丁寧な言葉で穏やかに話している。あなたがいるから幸せなのだと、聞いていてむず痒くなるようなことを平気で口にしている。

「うさんくさー」

私は思わず独りごちた。

幸せな人はことさら自分が幸せだとは口にしないもんじゃないかな、とひねくれた性格の私は考える。二人は互いの愛を常に確認していないと安心できない、つまり互いを信用していない、というふうに私は感じてしまうのだ。

その時突然「真実ちゃん、起きてる？」とふすまの向こうからいずみさんの声がして、私は飛び上がった。

「は、はい。今起きました」

そう答えると、彼女がふすまを開けて顔を覗《のぞ》かせた。

「ねえ、今日は予定ある？」

「いいえ、別に……」

「買い出しに付き合ってくれないかしら。今晩お客さんが来るのよ」

「え、ええ、もちろん」

「よかった。じゃ誠一さん、私は真実ちゃんとお買い物行くから、部屋の掃除お願いするわね」

兄の方を振り返っていずみさんは楽しげに言った。私は仕方なく布団から這《は》い出た。気は進まないが、居候の身としては買い物ぐらい付き合わなくてはならないだろう。

いずみさんは車の運転ができないので、私が兄の車を運転して、埋め立て地にある大きなショッピングセンターに出掛けた。

献立はもうたててあるらしく、メモを見ながら彼女は手際よくショッピングカートに食料品を入れていく。普段の食事は外食かコンビニで売っているもので済ませている私は、その巨大なスーパーマーケットをぽかんと眺めてしまった。週末のせいか親子連れが多い。走り回る子供とそれを叱《しか》りつける母親、見渡す限りの食料品や日用品。めくるめく生活臭さに私は目眩《めまい》すら覚えた。

これを幸福、あるいは平和と呼ぶのだろう。私は僻《ひが》むでもなく憧《あこが》れるでもなく、ただ素直にそう思った。一人の男性と一生連れ添うことを決め、子供を産んで家庭をつくる。そして家庭生活に必要な食料を週末に買い込む。冬ごもりを前にしたリスのように、冷蔵庫にそれらを詰め込むのだ。

それが自然の摂理だとしても、それが一番簡単な生きていく手段だとしても、私にはやはりできそうもなかった。週末はスーパーマーケットより、不特定多数の男性と映画を観たり食事をしたりしたかった。そんな相手がいない時は、宅配ピザでも取って気楽に惰眠を貪《むさぼ》りたかった。普段はあまり感じることはないけれど、この時ばかりは自分が少数派であることを痛烈に感じた。

買い物を済ませると、せっかくだからお茶を飲んでいきましょうといずみさんは私を誘った。

ショッピングセンターの最上階にあるカフェテラスは人で溢《あふ》れていた。彼女は大騒ぎする子供達をちらりと見てから、足早に喫煙席に向かった。そこでは女子供の買い物を待つ父親が何人かぼんやりと煙草をくゆらせていた。

「禁煙席でいいですよ。ほら、窓際も空いてるし」

煙草を吸う私に気を遣ってくれたのだと思って私は言った。

「いいのよ。私も一服したいから」

「え？」

「煙草ね、どうしてもきっぱりやめられなくて、誠一さんがいないとこうやって高校生みたいに隠れて吸ってるの」

いたずらっぽく笑っていずみさんは言う。彼女にも夫に秘密があるんだということを知って、少しの驚きと親近感を持った。

「お兄ちゃん、煙草吸う女は嫌いだもんね。私も散々言われた」

「そうなのよ。でもキスするとばれちゃうでしょう。こうやって外で煙草吸った後は必死でガム嚙《か》んだりして馬鹿みたいなの」

それでも惚気《のろけ》ることは忘れないのがすごいと私は苦笑いをする。彼女はどちらかというとエキゾチックな顔だちで、体も顔も指もどこをとってもスリムである。雰囲気のある人なので、煙草を吸うと結構絵になっていた。垢抜《あかぬ》けた服を着て、ちゃんとお化粧したらどんなに綺麗《きれい》だろうかと私は思った。

いろいろ思うことはあるけれど、私は決してこの義理の姉が嫌いなわけではないのだ。優しくて面倒見がよくて家庭的で、考えてみれば本当に理想的なお嫁さんだ。でもそれは彼女の本質なのだろうか。兄と知り合う前は貿易会社で働いていて、海外出張なんかも多かったと聞く。そんな活動的な人が子供もいないのに専業主婦をしているなんて、兄に合わせて無理に家庭的にしているのじゃないだろうか。

「いずみさんは、他にも我慢してることがあるの?」

思わず私がそう聞くと、彼女はきょとんとこちらを見る。

「どうして? 我慢なんかひとつもしてないわよ」

「だって煙草、兄に嫌《いや》がられるから家で吸わないんでしょ」

彼女はゆっくりと煙を吐き出す。

「それは我慢とは違うのよ。一緒に暮らしている人がいるなら、お互い譲り合う部分っていうのも必要だと思うわ。誠一さんだって、本当はファミコンしたり野球見ながらだらだらお酒飲んだりしたいのに、私が嫌がるからやらないのよ」

「そうなの？」

優しく微笑《ほほえ》んで彼女は頷《うなず》く。私は思わず溜《た》め息をついた。

「そっかー。だから私の恋愛は長続きしないのかもな」

首を傾げていずみさんが私を見る。

「私、誰かのために何か譲るってことができないんだ。一年ぐらい恋人と一緒に暮らしたこともあるんだけど、ご飯は自分の食べたいものばっかり作っちゃうし、テレビも絶対自分が見たいもの見ちゃうし。で、彼の方は私の帰りが遅いとか、歯磨き粉は真ん中からじゃなくてお尻《しり》からきれいに押せとか言うじゃない。それだけで、こんな奴《やつ》と二度と暮らすかって思っちゃう」

それを聞いて彼女は楽しそうに笑い声をたてた。

「どうしていずみさん達はそんなに仲がいいの？　頭にくることとかないの？」

私が聞くと、彼女は煙草の火を消してカフェオレを啜《すす》りながら考える顔をした。

「うちは両親が離婚してるから」

少し悲しげに笑って彼女は言った。

「子供の頃から、父親と母親が喧嘩《けんか》してる姿しか見てこなかったの。夫婦喧嘩って、他人同士の喧嘩と違って、本当に言っちゃいけないことまで言うじゃない。すごくつらかった。この二人が前に恋愛して結婚して、それで私が生まれたなんて信じられないぐらいだったから」

私は黙って彼女の短く切り揃《そろ》えた爪《つめ》を見つめた。

「平凡でささやかでいいから幸せな家庭がほしかったの。怒鳴らない優しい男の人と暮らしたかった。誠一さんは今まで会った人の中で一番優しいもの」

何となく予想していた身の上話だっただけに、私は全然感動しなかった。申し訳ないとは思ったけれど。


友人が何人か遊びに来るというので、兄といずみさんは二人で仲良く手作り餃子《ギョウザ》をこしらえている。キッチンでお揃いのエプロンをして楽しそうに働く彼らを、私はテレビを見るふりをして眺めていた。

これで赤ん坊が生まれれば完璧《かんぺき》だなと私は思った。彼らの望む〝平凡でささやかな家庭〟が実現される。もちろん彼らは結婚してすぐにでも子供がほしいと思っていたそうだが、母親が電話で言っていたことには、何故《なぜ》かなかなかできないそうだ。不妊治療なんかもしてるらしいから、あまりそういう話題を出すなと私は母に釘《くぎ》を刺されている。

兄の楽しそうな顔。あんな顔は子供の頃絶対しなかった。

さっきいずみさんの身の上話に同情するどころかややしらけてしまったのは、私の家の両親も仲が悪かったからだ。

父親がとにかく遊び好きで、悪い人ではないのだが常に何人も女がいて、しょっちゅうトラブルを起こしていた。子供心にも、浮気をするのならどうしてもっとうまく隠さないのだろうと思ったぐらいだ。父の恋人から電話や手紙がくる度に両親は激しい喧嘩を繰り返した。母の言うことはいつも正しかったが、きんきんとヒステリックな声を聞くのは本当につらかった。今ではもう父も浮気をする元気も若さも失って、二人はただ淡々と一緒に暮らしている。それはお互いの打算のためとしか私には思えない。父は身の回りのことをしてくれる女が必要だし、母には今さら一人で生活していく力も気力もない。

誠一と真実なんて、皮肉な私達の名前。嘘《うそ》しかなかった家なのに。

私は父のことがわりと憎めなかったのだが、兄は父親のことを激しく憎んでいる。その証拠に、たまに両親と顔をあわせる機会があると、兄は父に敬語を使うのだ。他人が聞いたら礼儀正しいその言葉遣いが、私にはこれ以上はないほど冷淡に聞こえる。

だから兄は浮気をしない。いつだか、私の浮気が原因で恋人と喧嘩をして泣いていた私は、お前には父親の血が流れてるんだなあ、としみじみ兄に言われたことがある。私はそれについて自覚があったので否定しなかったが、父と同じように私も兄に憎まれているのかと思うと少しぞっとした。

「お兄ちゃんにだって、同じ血が流れてるんだよ」

だから私はそう反論したのだ。怒るかと思ったら兄は少し笑って、そうだよなと呟《つぶや》いた。でも俺《おれ》は浮気しない。一人の女性とちゃんと向き合って生きていく。これは決心じゃなくて確信なんだよと静かに言った。

決心ではなく確信だというのがすごいなと私はその時思った。決心というのは、その決め事を破ってしまいそうだからするのであって、確信というのは自分の中に静かに確かに存在するものだ。

そして兄はその言葉通り、いずみさんというぴったりなパートナーを見つけ結婚した。二人の結婚式の時、身内ということもあるけれど、華やかな衣裳《いしよう》の花嫁よりも兄の方が私は印象に残っている。誇らしそうな兄の顔。そうか、男の人でも結婚するって嬉《うれ》しいことなんだと初めて認識した。

同じ夫婦に育てられた兄と私なのに、こんなにも違ってしまった。兄は両親を見て自分は幸福な家庭をつくろうと心に決め、私は家庭などつくらない方が楽なのだと自然と思うようになった。

そして同じような不幸な家に育ったいずみさんと兄は、手を取り合ってささやかで平凡な、でも確かな幸福の城を築こうとしている。

次々と恋人を取り替え、延々と同じことを繰り返しては逃げ回っている私の方がきっと不幸なのだろう。恋は必ず終わるものなのだから、永遠の誓いなどするのはおかしいと思っている私の方がきっと間違っているのだろう。

でも、私にはどうしても彼らが無理をしているように見える。それが気のせいであってくれればいいと、私は皮肉ではなく心からそう思った。

そして私の危惧《きぐ》は、思ったよりもずっと早く現実となった。

週明けの月曜日、会社が退《ひ》けてから私は新しいボーイフレンドと食事をし、ご機嫌で兄の家に戻った。合鍵《あいかぎ》は貰《もら》っていたが、さすがに勝手にがちゃがちゃ開けて入ったら悪いので、私は玄関のチャイムを押した。するとドアの向こうからいずみさんにしては乱暴な足音がどたどたと聞こえてきて、勢いよくドアが開かれた。出て来たのは兄だった。私の顔を見て「お前か」と力なく息を吐いた。

「いずみさんは？」

肩を落としリビングに戻って行く兄の背中に私は聞いた。兄は返事をせず、どさりとソファに腰を下ろす。部屋はいつも通りきちんと片付けられていたが、どこか不穏な空気が漂っていた。

「お兄ちゃん？」

私が呼びかけると、兄はテーブルの上に置いてある白い便箋《びんせん》を指さした。何だろうと思いながら手に取って読んでみる。それは意外にも私に宛《あ》てられたものだった。

〈真実ちゃんへ。一人になって考えたいことがあってしばらく留守にします。申し訳ないのですが、誠一さんのお世話をお願いします。長引くようでしたら真実ちゃんがここに住んで下さって結構ですので。――いずみ〉

私は便箋をテーブルに戻し兄の方を見た。彼はテレビに映った野球放送に目を向けている。

「なんなの、これ？」

「昼間出て行ったらしい。服がいくつかと旅行鞄《かばん》がないから」

「喧嘩でもしたの？」

「してないよ」

私は頰《ほお》を指で掻《か》いた。確かに彼らが喧嘩をした形跡はない。週末に彼らの友達が何人か来た時もいつものように幸せそうだったし、友達との間にも別にトラブルのようなことはなさそうだった。昨日の日曜日も、彼らは近所のゴルフ練習場に仲良く出掛け、夕飯は三人で和やかに食べた。いずみさんが無理をして笑っているふうにも見えなかった。

玄関に飛び出して来た時の兄は狼狽《ろうばい》しているように見えたが、今ソファで野球を見ている兄はかなり落ちついているようだった。

「どういうことなの？」

「うん、まあな」

かすかに兄は笑い、立ち上がって冷蔵庫からビールの缶を出して来て自分と私の前にひとつずつ置いた。兄は黙ってプルタブを引き起こし、再びブラウン管に顔を向けそれを飲む。約五分、私達は黙ってそうしていた。画面の中ではピッチャーがワイルドピッチをして、三塁走者がホームベースに滑り込んだ。

「野球見てる場合？」

ぼそっと私が聞くと兄は肩をすくめる。

「いずみは野球に興味なくてさ」

「ふーん」

「俺が見てると不機嫌そうにするから、ずっと見てなかったんだ」

「お兄ちゃん、昔からヤクルトファンじゃん」

「ヤクルトよりいずみのファンだから」

最近ではもう聞き慣れた惚気《のろけ》の台詞《せりふ》が、今日は何だか虚《うつ》ろに聞こえる。

「何だか俺、ほっとしちゃってさ」

聞き捨てならない台詞に私はビールを飲む手を止めた。

「ほっとした?」

「そのうち、こんなことになるんじゃないかって思ってた。それでびくびくしてた。でも実際起こってみると、なんかこう、今にも崩れそうな崖《がけ》がどしゃっと崩れた感じがしてほっとした」

「私には何だかちっとも分かんないよ。誠一さんのお世話を頼みますとか言われても、私はお兄ちゃんの女じゃないんだし」

「ガキじゃないんだから、誰かに世話焼いてもらわなくても生きていけるよ」

私は残っていたビールを飲み干し、テーブルに音をたてて缶を置いた。それを合図にしたように兄は話しだした。

「赤ん坊ができなくて、不妊治療に通ってたんだ、俺達」

「それは知ってた」

「でもこれは知らないだろ。あれ、本気でやるとすごい大変なんだぞ。金もかかるけど、検査にものすごく手間と時間がかかって、男はまだしも女は普通の勤めなんか絶対できないぜ」

私は注意深く黙っていた。私にとっては話題がヘビーすぎてどう言ったらいいか分からなかったのだ。

「結婚して五年、不妊治療を始めてもう三年だ。それでも先の見通しはたたない。いずみはもうやめたいのかもしれない。働くのが好きな人だからね。家にいて家事をして産婦人科に行って俺の世話をして、それで充実なんかしてるわけない」

やめて、という言葉が喉《のど》まで出かかる。それ以上言わないでももう分かる。

「赤ん坊のことだけが原因だとは思わない。分かるだろう？　俺達は喧嘩すらできないんだ」

「すればいいじゃん」

私の呟きに兄は苦笑いをする。言いながらも私は彼らに喧嘩ができるわけがないことは分かっていた。それは、兄が言うところの崩れそうな崖の下で爆弾を破裂させるようなものなのだから。

「ま、しばらく様子を見るよ。真実は心配すんな。家のことは別に何もしなくていいから」

取り繕うように兄は笑った。私はのろのろと立ち上がり客間へ引き上げる。

その晩は遅くまで、兄が居間でゲームをする音が聞こえてきた。寝つかれない私は布団の中で電子音を聞いていた。

思った通りの展開だ。胡散臭《うさんくさ》い二人の幸せは、やはり二人の我慢の上に成り立っていた偽りの幸福の城だった。崩れ落ちてざまあみろと笑いたいはずなのに、私は愉快な気持ちにはなれなかった。

幻でも何でも、美しいお城に幸福な王子様と王女様が暮らしているのをずっと見ていた

いずみさんが出て行って数日たっても、兄は彼女を迎えに行こうとはしなかった。彼女の母親か仲のいい女友達か、どこかへ電話をしてきっと彼女の居所ぐらいは見つけているはずだった。けれど兄はただ淡々と会社に通い、帰って来ると野球放送を見て、風呂上《ふろ》がりにはビールを飲みながら深夜までゲームをしていた。

私はお節介な奴が大嫌いなので、こういう時に割り込んで行って二人の仲を調停しようなんて全然思わない。その上面倒なことが嫌いときているから、さらに痛々しくなった兄とこの部屋に二人で住んでいるのが憂鬱《ゆううつ》でしようがなかった。

そろそろ自分の部屋に帰ろうかと私は思った。傷心の兄を見捨てて行くのはちょっと心が痛むけど、私がいたところで事が進展するわけでもないだろうし。

言いだしにくかったが、「そろそろ自分の部屋に戻る」と、小学生の男の子のように熱心にゲームをしている兄の背中に私は言った。兄はちらりと私を見てから「そうした方がいいよ」と笑った。

身内を褒めるのも何だけれど、兄も本当にできた人間だ。何があっても不快さや怒りや

そういうものを顔に出したりしない。

私は後ろめたさに背中を押されるようにせかせかと荷物をまとめ兄の家を出た。お世話になりましたと頭を下げると、兄はいつものように優しく微笑《ほほえ》んで「また遊びに来いよ」と言った。

憂鬱な気分で私はエレベーターに乗って一階のボタンを押した。気分転換にぱーっと遊びに行こうかと思いながら開いた扉から出た時、私はびっくりして足を止めた。私と同じように大きな旅行鞄を持ったいずみさんがそこに立っていたのだ。

「いずみさん。帰って来たんですか」

「……真実ちゃん」

彼女は努力して微笑もうとしたが、口元がちょっと歪《ゆが》んだだけで笑顔にはならなかった。少し痩《や》せたようだ。

「いずみさんに頼まれてて悪いとは思ったんだけど、私もそろそろ自分ちに帰ろうと思って」

そう、と彼女は視線をそらす。

「旦那《だんな》さんのお世話なんて、いずみさん死語だよ。お兄ちゃん、大人なんだから世話焼かれなくても生きていけるって」

なるべくあっけらかんと聞こえるように、私は大きな声で言った。「そうね」と彼女も少しだけ笑う。

「でも帰って来たんでしょ？」

私が尋ねるといずみさんはこちらを見た。

「こんなの絶対間違ってるって思っても、でも帰って来たんでしょ」

しばらく唇を噛《か》んで黙っていた彼女が頷いた。そしてかすれた声で言う。

「誠一さんに愛されてるのに、それを窮屈に感じるなんて私が間違ってるんだと思ってた」

色のない唇が震えていた。

「赤ちゃんができるように努力しなくちゃって思って会社も辞めて、毎日家事と検査の生活で、それを苦痛だって感じる私が間違ってるんだと思ってた。誠一さん以外の人とも遊びたいって思うことはいけないことだと思ってた」

そんなことないよ、とは私には言えなかった。もしかしたら幻の美しいお城のためには、それは必要なことなのかもしれないのだから。

私が何も言わないので、いずみさんは私が呆《あき》れていると思ったのだろう。こちらを睨《にら》むようにしてこう言った。

「真実ちゃんは馬鹿みたいって思うでしょうね。形だけ取り繕って中身のない夫婦だって思うでしょう」

怒りを露《あらわ》にしたいずみさんを初めて目にして、私は言葉を失う。

「でも上辺《うわべ》を繕う努力もしなくなったら、何もなくなっちゃうのよ。形をつくれば中身は後からついてくるかもしれないじゃない。嘘でも愛してるって言わなきゃいけない夫婦だってあるのよ」

まるで自分に言い聞かせるかのように言って、いずみさんはエレベーターに乗った。私の前で扉がゆっくりと閉まる。

私は上がって行くエレベーターのランプを見上げ、それが兄の部屋のある階で止まったのを確かめてからマンションを出た。

大きな旅行鞄を肩に担ぎ直し駅への道を歩きだす。ふと誰かに見られているような気がして私は立ち止まり、あたりをぐるりと見渡した。

兄のマンションの三軒先にあるコンビニの店先に立ってこちらを見ている男がいた。私が振って、しつこく無言電話をかけてきた前の恋人だ。

彼の瞳《ひとみ》が私を真っ直《す》ぐ見ている。以前だったら気持ちが悪くなって走って逃げただろう。

私はゆっくり彼の前に進んだ。彼の顔にさっと警戒の色が浮かんだ。

逃げても逃げても、その逃げた先には何もない。けれど人を愛したその先には、もしかしたら奇跡が待っていることもあるのかもしれない。

ごめんなさい、と私は呟《つぶや》いた。本当はとても恐かったのだけれど。

貞淑

女房のことは何でも知っていると思っていた。いや、正確にいうならば、もう俺《おれ》は彼女の全てを知り尽くしてしまったと思っていた。

同級生だった美奈子《みなこ》を初めて抱いたのは、彼女の十九歳の誕生日だった。それから幾度俺は彼女を抱いたことだろう。あれから十年がたつ。その間に美奈子としたセックスの回数は、余裕で三桁《けた》を数えるだろう。いや、もしかしたらそろそろ四桁に乗るかもしれない。しかしその回数は、最初の五年ほどで稼いだ数だ。後半の五年は徐々に下降線を辿《たど》っている。

といっても、今でも俺は週に一度は美奈子を抱く。俺達は四年前に籍を入れたが、そのペースはずっと続いている。それが義務感からなのか罪悪感からなのか、実は女房を愛しているからなのか、俺にはよく分からない。ただいえることは、嫌《いや》なら抱かないだろうということだ。嫌ではないのだ。やりたいからやっているのだ。女房も生理以外の理由で俺を拒絶したことはないから、きっと嫌ではないのだろう。

慣れ親しんだ怠惰でお約束通りのセックス。若い頃はいろいろ工夫もしたけれど、最近のそれは、もう古典落語の域に入っている。最初から分かっている展開と分かっている落ち。しかし古典には古典の良さがある。笑える場所で安心して笑えるというのは、実にリラックスするものなのだ。

少なくとも俺はそう思っていた。女房もそうだろうと思っていた。

そんなある日、いつものようにいつものことをいつも通りにしていたら、いつものように喉《のど》をのけ反らせて女房が果てた。しかしその時、彼女の口から漏れた言葉はこうだった。

ああ、エイジ。

それは俺の名前ではない。俺は和彦《かずひこ》だ。俺は動きを止め、常夜灯の下の見慣れた女房の乳房を見下ろした。彼女はいつものようにふっと息を吐くと俺の下から這《は》い出した。そしてすばやく脱ぎ捨ててあった下着とパジャマを拾って身に着ける。啞然《あぜん》としている俺を振り返りもせず、彼女はひとつ欠伸《あくび》をして隣に敷いた布団に入った。

裸で腹這いになったままの俺に、女房はいつものようにちょっと笑って「おやすみ」と言った。そしてくるりと毛布にくるまり、あっという間に健やかな寝息をたて始めた。

今自分が違う男の名前を口走ったことに、気がついていないとしか思えなかった。


「お、今日は若旦那《わかだんな》が店番ですか？」

レジの横の丸椅子《まるいす》にぼんやり座っていると、緑茶メーカーの営業マンがやって来た。

「どうしました、シケた顔して」

大学を出たばかりの、その若い営業マンの顔を俺はしげしげと見た。

「〝食べられるお茶〟、少しは出ましたかね。あれね、スーパーなんかではわりに好評で」

「原田君、名前なんていうんだっけ？」

俺は彼の言葉を遮ってそう尋ねた。

「は？」

「名前だよ、下の名前」

「僕のですか？　博之《ひろゆき》ですけど」

組んだ膝《ひざ》の上に頬杖《ほおづえ》をついて、俺は唇を尖《とが》らせる。

「名前がどうかしましたか？」

「いや、何でもない」

釈然としない顔をしながら、彼は店の中を見回す。

「今日は奥さんはどうしたんですか？」

俺はそれには答えず、椅子から立ち上がった。

「あの〝食べられるお茶〟ね、奥さんもすごく気に入ってくれましてね。旦那さんは食べました？　お茶っ葉食べるなんて気持ち悪いと思うかもしれないけど、ほら、奥さんが作った新茶のクッキー、あれ、すごくおいしかったでしょ。ふりかけみたいにご飯にかけてもいいし」

懸命に自社の新製品について喋《しゃべ》る彼の唇を私は眺めた。こいつだろうか。でもこいつはエイジじゃない。

「旦那？」

俺が反応しなかったせいだろう、彼は不思議そうに俺の顔を覗《のぞ》き込んできた。

「体調でも悪いんですか？」

「……まあな」

「そうですか。それじゃ、あの、今日は帰ります。また来ますんで、奥さんにもよろしくお伝え下さい」

不穏な雰囲気を感じ取ったのか、営業マンはそそくさと店を出て行った。

今朝女房に、今日は俺が店番をするからお袋とデパートにでも行けと言った。お袋というのは同居している俺の母親である。美奈子と母にそれぞれブラウスでも買えと一万円ずつ渡すと、二人は揃《そろ》って目を丸くし、交互に私の額《ひたい》に掌《てのひら》を当てて首を傾げていたが、「若旦那の気が変わらないうちに行きましょ」と二人仲良く出掛けて行った。

そうして女房とお袋を追い払った俺は、朝から店に来る客や営業マンをチェックしているのだ。

俺は郊外の駅前商店街で茶舗を営んでいる。父親が緑茶専門で始めた小さな店だ。父親は俺が小学生の時に交通事故でこの世を去った。母親は一人でこの店を切り盛りし、俺を育ててくれた。俺は大学を出ると、年老いてきた母に代わってこの店の主《あるじ》となったのだ。

今この店では俺と女房の美奈子、そして母親とパート二人の五人が働いている。俺の代になって事業を拡大したのだ。緑茶を数種類と急須《きゅうす》と湯飲みぐらいしか置いていなかった店に、紅茶と中国茶とハーブティー、迷った末にコーヒー豆も置くことにしたのだ。それに伴い洋食器や贈答用の菓子なども置いている。隣の下駄《げた》屋が店を閉めたため、そこを貸してもらってスペースも倍に拡張した。

老舗《しにせ》然としているといえば聞こえはいいが、やはり以前は店が暗かった。それを買い物途中の主婦や若い人にも入りやすいよう明るく改装した。売上はぐんぐん上がり、結婚した時に建てた家のローンがあっという間に返せてしまった。

改装のアイディアを出したのは結婚したばかりの美奈子だった。何もかも彼女のおかげである。俺一人では、あの冴《さ》えない店をこんなふうにリニューアルする気にはとてもなれなかっただろう。

女房は自分のアイディアを俺からお袋に伝えさせた。それはいくら嫁でも、他人に自分の大切な店を自由にされたくない、というお袋の気持ちを察していたからだ。

買ってくれた客には、小さな紙コップでお茶かコーヒーをサービスしようというアイディアを出したのも女房だった。俺はそこまで客に媚《こ》びることはないんじゃないかと反対したが、いざやってみるとそれが思いのほか好評だった。スーパーでは高い緑茶を買ってもお釣りとレシートしかくれない。けれど芳林堂茶舗では一杯お茶を飲ませてくれる。お茶をサービスされて不機嫌になる人間は少ないだろう。お客はお茶を飲みながら世間話をし、店の中の他の商品も眺める。そして気に入った物があれば買って行ってくれる。

母親は店が繁盛したことをとても喜んだ。それが美奈子のおかげであることを母はすぐに気がついていたようだ。女房はそれで姑《しゅうとめ》からの絶対的な信頼を得たのだ。

しかし女房はそれ以上店を大きくしようとはしなかった。美奈子が趣味で焼いてみたという、新茶の粉入りクッキーというのが驚くほど評判になり、県外からも客が来るようになって、俺は隣町にでも支店を出そうかと半分真剣に考えたのだ。

それを女房は反対した。これ以上店を大きくしたら家族だけでは手が回らなくなるし、帳簿も自分の手に負えなくなる。お金はこれで十分なのだから、今のこの店とお客さんを大切にしたいと女房は言ったのだ。俺には何も言えなかった。チェーン店にしてもっと大きく儲《もう》けようという俺の馬鹿な夢は、女房の一言でしゅるしゅるとしぼんでいった。

そういうわけで、俺は女房に頭が上がらないのだ。

美奈子はお世辞にも美人とはいえない。可愛《かわい》いというタイプでもない。プロポーションがいいわけでもないし、服のセンスがいいわけでもない。

ただ女房は実に働き者だ。そして、とても情緒が安定している。ヒステリックに泣いたり怒ったりする彼女を俺は一度も見たことがない。誰にでも穏やかで柔らかい話し方をする。

今日うちにきた営業マンは三人目だが、皆口を揃えて「奥さんは？」と聞いた。そりゃ、いつも店にいるのは奥さんで「若旦那」と蔑称《べっしょう》されている俺は、昼間からふらふらとパチンコに行ったりしている。けれどそれだけではなく、やはりうちの女房は意外に男に人気があるようだ。

俺はぽつぽつだが途切れることがない客の応対をしながら、昨日の夜の「エイジ」のことを考えていた。

聞き違いではない。確かに女房は絶頂に達する時「エイジ」と言った。そして私の背中に爪《つめ》を立てた。そんなことは今までないことだった。

エイジといえば、男の名前だ。あいつは浮気でもしているのだろうか。

今朝、女房とお袋を追い払った後、俺は名刺ホルダーを取り出し、店に出入りする人間の名前を調べてみた。しかしそこには「エイジ」という名前の人間はいなかった。もちろんそういう姓の人間もいなかった。お客という線も薄いだろう。ほとんどが女性だし、店には俺の母親もパートのおばさんもいたりするのだから。

では、店には関係のない人物だろうか。学生時代の友人？　それともテレクラで知り合った男？

もしそうだとしても、彼女はいつどこで浮気をしているのだろう。

何せ女房は夫の俺とその母親の三人で暮らしていて、その上仕事場も一緒なのだ。美奈子が一人になるといったら、夕飯の買い物に行くときぐらいだろう。それも、ここは商店街の真ん中なので、三十分もあれば買い物を済ませて帰って来る。習い事もしていないので、定期的に出掛けている場所もない。元々それほど遊び好きではないし、酒も飲まないので、夜に女房が出掛けることは皆無に近い。

俺《おれ》はそこで苦笑いを浮かべた。これではまるで俺は嫉妬《しっと》をしているようではないか。まったくしていないといったら嘘《うそ》だが、どうしても追及したいわけではない。

そのときジャンパーのポケットに突っ込んであった携帯電話が鳴りだした。俺はそれをのろのろと取り上げる。

「若旦那《わかだんな》? 今どこにいんの?」

からかうような甘い声が、受話器から聞こえてくる。どうして愛人まで俺を若旦那と呼ぶのだろう。

「店」

俺は一言そう言った。

「あら、まずい?」

「平気、一人だから」

「店番なの? 誘おうと思ったのに」

壁に掛けてある時計を俺は見上げた。あと十五分もすればパートのおばさんがやって来る。

「一時間ぐらい後なら」

　そう言って俺は電話を切った。


　愛人宅は車で十分ほどのところにある。愛人といってもまだ彼女は大学生で、私など大勢いるボーイフレンドの一人に過ぎない。結婚していてまあまあ金を持っていて、いい車に乗っている年上のボーイフレンドというところだ。

　俺が彼女と知り合ったのは打ちっ放しのゴルフ練習場だ。たまたま隣で打っていると、私も左利きなんです、右利きの人に教わってもどうもピンとこなくて、よかったら教えて下さい、と無邪気に話しかけてきたのだ。

　俺は自分が女性にもてる方なのかどうか、自分ではよく分からない。今までもこうやって気軽に女の子にアプローチされたことがあった。友人にちらっとそういう話をしたら、お前は暇だからだよ、と言われた。三十歳前後の大抵の男は毎日仕事に追われ、ガールフレンドをまめに構ってやる時間などないのだと。何となくそれで俺は納得した。若い女の子にもてる（ように感じる）のは、俺がこうして平日の昼間でもぶらぶらしているからだろう。

「奥さんが浮気？」

　お互いにヘビーな恋愛感情を持っていない気安さから、俺はガールフレンドに昨夜のことを話してみた。当然、俺と彼女は裸でベッドの中である。まだお天道様も高いというのに。

「あの人がねえ、へええ」

楽しそうに彼女はそう言った。ガールフレンドはたまに店にお茶を買いに来るので、女房のことは見知っているのだ。彼女はごろんと寝返りをうち、私の傍らにうつぶせになって頰杖《ほおづえ》をついた。そして俺の胸を掌《てのひら》でそっと撫《な》でる。

「自分もこういうことしてるんだから、奥さんだってしててもいいわよね」

若い子らしいドライな意見だ。俺はこっくり頷《うなず》く。

「でも、悔しいんでしょ」

にやにや笑って彼女は目を覗《のぞ》き込んできた。

「悔しかないよ」

「無理しちゃって」

本当だと念を押そうとしたが、それも大人げない気がしてやめておいた。ガールフレンドは首を振って長い髪を払いのけると俺の胸に頰をくっつけた。

「それにしてもあの人がねえ。人間って分かんないもんね」

大して興味もなさそうに彼女は呟《つぶや》いた。その後はもう違うことを考え始めたのか、何やら鼻唄《はなうた》を歌っている。

俺は脇《わき》の下にガールフレンドを抱きかかえながら、そうなのだと頷いていた。悔しいというよりも、とにかく意外だったのだ。

もう女房のことは全て知り尽くしていると思っていたし、すっかりおばさんになってしまった彼女が、まさかこんなふうに知らない男と抱き合っている時間があるだなんて、とにかく俺には想像もつかないことだった。

夕方店に戻るともう女房は買い物から戻って来ていて、パートのおばさんと店に出ていた。

一日店番をすると言ったのにふらふらと出掛けてしまった俺に、女房は怒るどころかにっこりと笑いかけた。

「お帰りなさい。お夕飯は？」

「あー、えーと、まだだけど」

「デパートで北海道の名産展やっててね、いくら丼《どん》買って来たから」

「うん。お袋は？」

「家で横になってるわ。久しぶりに街に出たから疲れたみたい」

曖昧《あいまい》に頷いて俺は店の奥のデスクの前に腰を下ろした。パートのおばさんがちらりと視線を向ける。パートのおばさんでさえ「まったくこの若旦那は」と嫌《いや》な顔をするのに、女房が俺に厭味《いやみ》を言ったり、不満や愚痴をたらたら言ったことは今まで一度もないように思った。

そう考えてみると、この女はよっぽど馬鹿なのか、それとも聖母のような清らかな心を持っているか、どちらなのだろうと俺は思った。そして俺はゆっくり瞬《まばた》きする。どちらでもなく、彼女は俺のすることになど何の興味も持っていないのかもしれない。

美奈子のことは、四歳の時から知っている。彼女の実家はここから歩いて十分の場所にあるので、同じ幼稚園に通い、同じ小学校と中学校に通った。高校は同じ学区内だが別々の学校に入学した。そのことに関し、俺は特に感慨を覚えなかった。というのは、親同士が親しいわけでもなかったし、私と美奈子は同じクラスになったことが一度もなかったのだ。だから美奈子とは、顔は知っていても口をきいたことはほとんどなかった。

彼女と親しくなったのは、高校を卒業した年の夏だった。

ここから電車で三十分ほどの県内で一番大きな街で、俺と美奈子は偶然顔を合わせた。そこがボウリング場で、こちらも男二人あちらも女二人だったことで一緒にゲームをし、夕飯を食べ、少し背伸びしてビールを飲んだ。

他の二人が同方向に帰って行ったので、俺は美奈子を送って行くことにした。送るも送らないも、私の家から歩いて十分のところに彼女は住んでいるのだから別々に帰る方がおかしい。

と思っていたら、彼女は俺に手を振り、四月からこの近くにアパートを借りているのだと言った。それを聞いて思い出した。彼女の家は、姉が結婚したため二世帯住宅に建て替えたのだと母が噂話《うわさ》をしていた。

やっぱり何となく居づらくて、と片頬で笑う彼女は淋《さび》しげだった。特に美人でも可愛《かわい》いわけでもないと思っていたのに、俺はどきりとしてしまった。もうすぐ十九になる彼女は、子供の頃とは違っていた。顔の作りは平凡だけれど、にきびもそばかすもない透明な白い肌は、同じくもうすぐ十九になる俺をその気にさせるのに十分だった。

それから彼女のアパートに出入りするようになるまで、そう時間はかからなかった。俺は大学を卒業したら家業を継ぐつもりでいたから、大学の四年間は単なるモラトリアムだった。

だから俺はしょっちゅう学校をさぼって美奈子のアパートに入り浸った。彼女は短大に通っていたけれど、学校が終わると真っ直《す》ぐ部屋に帰って来て、俺に食事を作ってくれたりした。十九歳の時から、俺達はすっかり夫婦のようだったのだ。

もちろん美奈子にとって俺が最初の男だ。そしてそのまま結婚した。彼女は俺しか男を知らないのだ。

俺に隠れて一度や二度ぐらいは誰かと何かあったのかもしれない、と以前は思っていたけれど、そうでないことがある日分かったのだ。

俺と美奈子が結婚したのは、四年前である。俺達が二十五歳の時だ。それまで俺はだらだらと通い夫を続けていた。こんなに長く付き合ってしまったからには、そのうち責任を取って籍を入れてやらなければとは思っていたが、ずっときっかけが摑《つか》めないでいた。美奈子のことは嫌いではない。他にもガールフレンドはいたが、俺の恋人はやはり美奈子だった。けれど結婚に踏み切るには、何かしらきっかけというものが必要だ。美奈子は自分からは「結婚したい」とは決して言わなかったし、そんな素振りもみせず、ただ淡々と俺との付き合いを続けていた。

倦怠《けんたい》期真っ只中《ただなか》の俺達の、結婚へのジャンピングボードになったのは美奈子の流産だった。妊娠したことにも気がつかないうち、彼女は出血して倒れた。そのことで体調を崩し、勤めていた会社を休職した時俺は彼女に言った。体が治ったら一緒に店をやらないかと。ちょうど店の裏手にある俺の古い家から白アリが見つかって、これを機に建て直そうかと考えていた時だった。もし美奈子を嫁にするのなら、そういうつもりで家を建てようと思った。

彼女はほんの少し考えた後、ころりとひとつ涙の粒を落とした。そして「ありがとう」と言ったのだ。後にも先にも、彼女の涙を見たのはその時だけだ。

家を新築してしまって経済的に苦しかったので、神社で簡単な結婚式をしただけで、披露宴もしなかったし新婚旅行も行かなかった。彼女はそれでも文句ひとつ言わず、俺と俺の母が住む新しい家に引っ越して来た。

結婚してすぐ彼女の学生時代の親友が泊まりに来たことがあった。客間に二人で布団を並べて敷いて、彼女達は夜中まで女学生のようにお喋《しゃべ》りをしていた。

聞こうと思って聞いたわけではない。何となく寝つかれず、ビールでも飲もうかと階下に下りて行った時、障子の向こうから二人の会話が聞こえてきたのだ。

女友達は聞いた。美奈子って和彦さんが最初の男の人なんでしょう？　美奈子が答える。そうよ。女友達は重ねて尋ねた。死ぬまでたった一人の男の人としか寝ないってこと？

美奈子はすぐには返事をしなかった。間を置いて女房は言った。

一生一人の人としか寝ないっていうのも、ひとつのファンタジーだと思うけど。

女友達はうふふと笑う。そうね、そういう考え方もあるわね。でも和彦さんはどうかしら？　美奈子はそれにはすぐさま答えた。知ってる、あの人が遊んでることぐらい。でもいいの。男の人ってそういうものでしょう。仕方ないわよ。

俺はそっと音を立てないように二階の寝室に戻った。そして布団を被《かぶ》り目をつむった。

それもひとつのファンタジーか。

女というのは不思議な生き物だ。男はそんなふうに自分を美化したりはできない。けれどまあ、女房が俺一人で満足していて、その上浮気まで容認してくれていることが分かり、俺はその夜安心して眠りに落ちたのだ。

俺は店のデスクに凭《もた》れ、お客に笑顔で応対する女房の後ろ姿を眺めた。センスがいいとはいえない花柄のエプロンと、色気のないストーンウオッシュのジーンズ。背中にも尻《しり》にもふっくらと脂肪が付き、髪は仕事の邪魔だからといって短く切ってある。色の白さだけは昔と変わらないけれど、女房はすっかりおばさんになった。

愛想はいい。おっとりしていて心優しい。けれどそれは愚鈍ともいえるのではないだろうか。そんな女を、どういう男が抱いているのだろう。それとも昨夜のことは、私の聞き違いだったのだろうか。

一人の男としか寝ない人生を選択した、というのは嘘《うそ》だったのだろうか。それともどこかで誰かに言い寄られ、すっかり宗旨替えでもしたのだろうか。

そこで俺は立ち上がった。いつまでもそんなことをウジウジと考えていても仕方ない。何しろこちらには、問い詰めて白状させて相手の男をぶち殺してやりたい、というような情熱はないのだから。腹も減ったし、家に帰って飯でも食おう。

「じゃ、後はよろしく」

女房にそう声をかけて店を出ようとした時だった。制服を着た高校生の女の子が店に入って来た。日曜日にだけアルバイトで来てもらっている女の子だ。

こんにちは、と彼女は元気よく言った。

「よお、ミカちゃん。今日はなに？」

俺は笑顔でそう言った。明るくて素直なこの娘を店の者は皆気に入っている。

「今日は美奈子さんに用事です」

と舌足らずにその子は言う。俺は軽い疎外感を感じて出口に向かった。その時背中でこんな声がした。

「生写真、撮ったんですよ。見て見て」

「あら、ほんと？」

それに答える女房の声。

「ほら、結構よく撮れてるでしょう。お父さんにこーんな長い望遠レンズ借りてったんですよぉ。エイジがばっちり」

行きかけた足を私は止めた。

「うそー。ミカちゃん焼き増ししてぇ」

女房まで高校生のような高い声を出す。振り返るとパートのおばさんもそこに加わり
「何の写真なの？」と二人に聞いていた。

「エイジですよ、エイジ」

「エイジって？」

「知らないんですかあ？　サイバークロームのエイジですよ」

「知らないねえ」

「私も美奈子さんも大ファンなんですよね」

ミカがはしゃいでそう言った。そこでおばさんと俺の目があう。おばさんは「何だかねえ」という顔で肩をすくめた。俺も慌てて肩をすくめた。

家に帰ると俺は二階へ駆け上がり、女房のドレッサーの引き出しを開けてみた。

すると、出てくる出てくる、サイバークロームというビジュアル系のロックバンドのCDや雑誌の切り抜きが。エイジはそのグループのリードボーカルである。長い髪を後ろでひとつにしばり、眉《まゆ》を女のように細く描いた気持ちの悪い少年だ。けれど彼が今、若い女の子の「寝てみたい男の子」のナンバー3に入っていることは俺も知っていた。

なんてことだ。浮気相手はこいつか。

俺は奥歯をかみしめた。

引き出しを閉じるとそのまま階下に下りた。リビングでは母親がソファに寝転んでテレビを見ていた。

「いくら丼《どん》あるよ」

母がそう言ったとたん、俺はとうとう堪《こら》えきれずに吹き出した。げらげら笑っている俺を、母が首を伸ばしてきょとんと見る。

「私、変なこと言ったかい？」

「言ってない言ってない」

ヒーヒー笑いながら俺は言う。

「なによ、気持ち悪い子だね」

「ちょ、ちょっと思い出し笑い」

笑いながら俺はお茶を淹《い》れ、テーブルの上にあったいくら丼を食べ始めた。それでもこみ上げてくる笑いが収まらない。

そういえば美奈子は昔からロックが好きで、衛星放送の音楽番組を楽しそうによく見ている。けれど、まさか女房の浮気相手がブラウン管の中のアイドルロック歌手だとは思わないじゃないか。

いつまでも含み笑いが収まらない俺を、母が嫌な顔で見た。

「いつまで笑ってんだい、馬鹿みたいに」

不機嫌に母が言う。俺は構わず「いやもうこれが傑作で」とヘラヘラ笑った。すると突然、こちら目掛けて何か黒い物が飛んで来た。それは俺の頭に当たった後、音をたてて床に落ちた。見るとそれはテレビのリモコンだった。母が私にぶつけたのだ。痛みよりも母親が俺に物を投げつけたことに驚いていた。

「本当にあんたを見てると苛々《いらいら》するよ」

憎々しげに母が言う。俺はさすがに笑いを引っ込めた。

「お袋？」

「毎日毎日、そんなんで虚《むな》しくないのかい？」

母親の突然の哲学的な質問に私は絶句した。

「よく美奈子さんは我慢してるよ。何とかしないと、そのうちあんた痛い目みるよ」

何にそんなに腹をたてたのか、母親は足音を乱暴に響かせてリビングを出て行ってしまった。

ぽつんと残された俺は、訳が分からないまま床に落ちたリモコンを拾った。

しかし母の予言は当たっていた。

それは本当に笑い事ではなかったのだ。

女房が実際に誰かと浮気をしているわけではないと分かった時、俺は胸をなで下ろした反面、がっかりもしたのだ。

本当に浮気などされたら困るのだが、いくら長年の付き合いでこれからも死ぬまで一緒に暮らしていくにしても、少しは女房にも私の知らない部分があった方がよかった気がした。まだよその男からも構われる〝現役の女〟である方がよかったような気がした。女房はやはり俺の思った通りの女で、ミステリアスの対極にあるような女なのだと俺は少しの幻滅を覚えたのだ。

しかしそんなことを思った俺は馬鹿だ。

店の定休日の前日、俺はいつものように女房を抱いた。その時は今日も「エイジ」と言うかもしれないと悪趣味にもワクワクしていたのだ。

そして女房は達する時、言った。

ああエイジ、と。

期待していたくせに、俺は頭から冷水を浴びせられたような気分になった。そんなことなどちっとも気づかず、女房はいつものようにさっさとパジャマを着て自分の布団に帰って行く。そして五分もたたないうちに幸せそうな寝息をたて始めた。

俺はひどく気分を害し、そのまま起き上がって階下に下りた。冷蔵庫からビールを取り出し、キッチンの椅子《いす》に座ってそれを飲んだ。

認めたくはない。けれど認めないわけにはいかなかった。

俺は非常にプライドを傷つけられたのだ。

女房は俺に抱かれながら、頭の中ではあのエイジというアイドルに抱かれているのだ。俺の指の動きも、彼女の中心に進入して絶頂を迎えさせる俺のものも、女房にとってはエイジのものなのだ。そういえば、あの最中に彼女は決して目を開けないではないか。

もしそうならば俺は何だ。自慰の道具か。張り形か。

二度と抱いてやるものか。

俺はビールのアルミ缶を手でぐしゃりと潰《つぶ》してそう思った。

そして、あれから半年がたつ。

俺はぴたりと女房を抱くのをやめた。俺には若くて可愛《かわい》い女子大生の愛人がいるのだ。その子がフェラチオでも何でもしてくれる。俺にはあんな古女房でアイドルおたくの気持ち悪い妄想女なんか必要ない。お前はせっせとお茶でも売ってりゃいいんだ、と俺はすねていた。

しかし、女房の態度はまるで変わらなかった。

「どうかしたの？」と聞いてきたのは、最後のセックスの翌週、俺が美奈子に手を出さなかった時だけだ。寝たふりをして黙殺していたら、女房は何も言わなかった。それっきり彼女はいつもの通りに暮らしている。不機嫌な様子も悲しそうな様子も、怒っている素振りも見られない。いつものように朝起きて店で働き、俺の母親と和やかにテレビなんかを見ている。エイジがテレビに出ても、女房の態度は特に変わらない。ただ微笑《ほほえ》んで画面を見つめているだけだ。

ここのところ俺は眠れなくなってきていた。女房の隣の布団で、一睡もできず夜明けを迎えることがある。胸の奥に重い不快感があり、かといって女房を殴りつけるようなエネルギーも湧《わ》いてこない。そして先日ガールフレンドを抱こうとしたら、何と自分のものを起立させることができなかったのだ。

ちょっと歩いただけですぐ息が切れ、箸《はし》を持つと手が震え、咳《せき》といやな汗が出て止まらない時がある。

いったい俺はどうしてしまったのだろう。

今女房はドレッサーに向かい、風呂《ふろ》上がりの肌に乳液を塗っている。楽しそうに小さくハミングし、短い髪をブラシで梳《と》かす。

「最近、山川屋のお茶って売れないのよ」

パジャマ姿の女房が俺を振り返ってそう言った。俺はぎこちなく頷《うなず》く。

「取引やめましょうか。どう思う？　その分で岡野《おかの》商事のハーブティーを増やした方がいいと思うんだけど」

「お前の好きにしていいよ」

俺がやっとの思いでそう言うと、女房は鏡の中でいつものように微笑んだ。

いったいこの女は何を考えているのだろう。俺は彼女の背中を盗み見た。

俺は今まで、一緒に暮らしているこの女が頭の中で何を考えているかなど、想像したこともなかった。あの一度の流産以来、避妊しているわけでもないのに女房は妊娠しない。そのことについても彼女は何も言わないので、どう思っているのか俺には分からない。

分かっていることは、ポスターを貼《は》ることもなくコンサートに行くわけでもなく、けれどロック歌手の「エイジ」と熱烈な恋愛をしているということだ。

いくらそれをやめさせようとしても、俺にはできない。殴りつけても膝《ひざ》に縋《すが》りついても、他人の空想の中に踏み込むことは決してできないのだ。

空気のような存在だった女房が、空気どころか俺を窒息させるガスのようになってしまった。

女房は今までと同じように俺を扱う。夜の生活は今まで通りではないのに。

いっそ本当に浮気をしていてくれた方が遥《はる》かによかった。これでは頭がどうかなってしまいそうだ。

「さ、寝ましょう」

明るくそう言って立ち上がると、女房は電気を消して自分の布団にもぐり込む。俺は何とか眠ろうとしてぎゅっと目をつむった。

けれど駄目だった。

そしてやはり、今晩も聞こえてきた。ここのところ毎晩なのだ。隣の布団から女房のかすれた息づかいが聞こえてくる。そして彼女は自らの指で絶頂を迎える。耳を塞《ふさ》いでも聞こえるほどの大きな声で。

いいわエイジ、もういっちゃう。

ますお

「あっ、竹の子ご飯だ」

その夜、仕事から帰って食卓につくと、大好物の竹の子ご飯が待っていて私は歓声を上げた。

「嬉《うれ》しい。そろそろ食べたいと思ってたんだ」

「茜《あかね》は昔から好きだものね」

母は誇らしげに微笑《ほほえ》んでエプロンを解いた。私と母はダイニングテーブルに向かい合って座り「いただきます」と声を合わせてから箸《はし》を持つ。

新竹の子と貝柱を炊き込んで作る母のそれは絶品で、おかずのかぼちゃのコロッケも白菜の漬物も手作りだ。子供の頃はあまり実感していなかったが、大人になって、料理上手の母親を持った幸せを強く感じるようになった。ぺこぺこにお腹を空かせて帰宅した時や、朝寝坊した休日にさっと出される心のこもった美味《おい》しい食事は、天国にいるような幸せの味だ。

「秀二さんの分は取ってあるから、遠慮しないでおかわりしていいわよ」

ふと気がついたように母が言う。夢見心地でご飯を頬張《ほおば》っていた私は、いつも聞いているその台詞《せりふ》にしらけて肩をすくめた。

「取っておかなくたっていいよ。どうせ飲んで帰って来るんだから」

「そうもいかないでしょう。食べなくたって、一応取ってあるってことが大事なのよ」

はいはい、と私は適当に返事をした。

私には結婚三年目の夫がいるのだが、最近家で夕飯を食べることがほとんどない。残業が続いているせいもあるのだが、仕事が早めに終わってもまっすぐ帰って来ず、毎日のように終電近くまで酒を飲んでいるようだ。

けれどそれについて、私は特に何とも思っていない。私は結婚前、夫と同じ会社に勤めていたので、仕事の様子や、忙しい時ほど勢いで飲みに行くことが増えることが分かっているからだ。新婚の頃はそれが淋《さび》しいと思ったこともあったが、今では夫の帰宅が早かろうが遅かろうが何も感じない。いや、正直なことをいえば、遅く帰って来てくれた方がほっとするぐらいなのだ。

私は今は、バスで十分ほどの場所にあるデパートでアルバイトをしている。結婚を機に会社を辞めた理由は、夫と同じ職場で働くのがどうしても嫌《いや》だったからだ。

会社には何組か社内結婚をしたあとも勤め続けている夫婦がいたので、結婚したからといって辞めなければいけないという雰囲気はなかった。けれど私は、自分の夫が仕事で失敗したり、上司に叱《しか》られている姿なんかを見たくなかった。たとえ課が離れていても、いろいろと夫の評判は耳に入るだろう。それが嫌だった。今時古い考えなのかもしれないけれど、妻というものは夫の仕事のことなどあまり知らない方がいい。その方がうまくいくのではないかと私は思ったのだ。

けれど、はっきりとそう夫に伝えたわけではない。そんなことを面と向かって言う必要はないと思ったからだ。「主婦になるのだから、家から近い場所でアルバイト程度の仕事がしたい」と夫に言ったら、彼は特にそれについて反対しなかった。それはそうだろう。何も不自然なところはないのだから。

「そうだ。さっき雅美《まさみ》ちゃんから電話があってね」

母が思い出したように言った。雅美とは私の学生時代からの友人だ。

「あ、ほんと?」

「今度の土曜日、来ていいかって。なんか私も当然面子《メンツ》に入ってるみたいでね。私は嬉しいけど、秀二さん、どうかしら。しょっちゅう姑《しゅうとめ》や友達が休みの日に押しかけて来るっていうのもねえ」

雅美が来るということは、つまりうちで麻雀《マージャン》をやろうということだ。最近まわりで麻雀が流行《はや》りだし、私の友人達の中ではうちが一番広いことと、なんと母が意外にも点数計算ができるので、一ヵ月に二度ほど女性だけの麻雀大会が開かれているというわけだ。

私達夫婦と母は同居しているわけではない。同じマンションの別の部屋に住んでいる。私達夫婦はファミリータイプの3LDKに、母はシングルタイプの1LDKだ。私達が結婚した直後、父と母は離婚をしたのだ。

同じマンションの中の娘世帯という気安さから、母はよくうちに来ている。けれど、そうそう入り浸っているというわけではない。母は私に比べてずっと活発な人で、昔からやれPTAの集まりだの習い事だのと毎日のように駆け回っていた。専業主婦で一度も働いたことのない人だけれど、外へ出たり人と関わったりすることが好きなのだ。

だから離婚した今も、イタリア語や水泳を習ったり同世代の友人と遊び回っている。でもアルコールが飲めない母は夜に出掛けることはほとんどなく、どうせ夕飯を作るならと、私と夫の分まで週に何度か作ってくれる。

料理好きな人というのは、やはり食べてくれる人がいないと張り合いがないらしく、母はそれが嬉しいようだ。義務ではなく、自分の気の向いた時に好きな料理を作り、それを娘と食べることは母にとって確かに楽しいことだろう。私はというと、料理上手な母親の娘にありがちなタイプで、食べるのは好きだけれど作るのは面倒くさくて嫌いだ。昔から母が喜んでやってくれたので、何も作れないまま大人になってしまった。

「前から言ってるけど、お母さん、あんまり秀二に気を遣うことないよ」

私は竹の子ご飯をおかわりしようと立ち上がった。母は実際の年齢より若く見えるけれど、やはり私よりは一世代前の人で、どうも娘の夫に気を遣いすぎるところがある。

「そうは言ってもねえ」

「もう家族なんだからさ。男はみんなお父さんみたいだと思ったら大きな間違いなの。茜のお母さんは気楽で優しくていい人だって、いつも秀二は言ってるよ。もっと私にするみたいに図々しくした方がいいって」

母はちょっと考える顔をした後「そうね」と言ってにっこり笑った。自分の空いた茶碗《ちゃわん》を私に差し出す。それを受け取って私は母の分もご飯をよそった。

母は昔からよく笑う人だったけれど、以前は〝つらいことを笑い飛ばす〟という笑いだった。今はそういうところがなくなって、ふっくら優しく微笑むようになった。

その笑顔が私には美味しい竹の子ご飯より、痛いほど幸せに感じられた。


夫の秀二はその日珍しく早く帰って来た。

といってもそれは、母が自分の家に帰って行き、私は台所の片付けを済ませて、テレビを見て風呂《ふろ》に入り、一息ついて缶ビールを飲んでいた時だからもう十一時近かった。

「今日は飲んで来なかったの？」

スーツを脱いでネクタイを解く夫の背中に私は尋ねた。

「ここんとこ遊びすぎたからね。金欠」

そう言って彼はパジャマに着替え、リビングのソファでビールを飲む私の隣に腰を下ろした。

「秀二も飲む？」

「一本飲もうかな」

「あ、でもお風呂上がりにしたら？」「勧めといて取り消すなよ」

夫は笑い立ち上がる。冷蔵庫からビールを取り出す彼に「お腹空いてるなら、竹の子ご飯があるよ」と私は声をかけた。

「茜が炊いたの？」

「まさか。お母さんよ」

「だろうな」

苦笑いでプルタブを抜き、缶のままビールを飲む夫の姿を私は何となく眺めていた。

ハンサムというのではないけれど、卵形の輪郭にやや目尻《めじり》の下がった細い目ときれいに通った鼻筋は、いかにも彼を好青年に見せていた。結婚前は痩《や》せている方だったのに、最近はちょっとお腹が出てきたようだ。それがまたさらに、人に親近感を与えているように私は思う。

私の視線に気づいたのか、テレビを眺めていた夫はふと私の方を見た。そして意味もなく小さく微笑んだ。そんな顔をすると本当に彼は善良な人に見える。ちょっと気弱だけれど、誠実であたたかい人という印象だ。そして実際夫はそういう人なのだと思う。

「仕事忙しい？」

今や社交辞令となった質問を私はした。

「ぼちぼちかな。茜の方は？」

「ぼちぼち」

もう幾度となく繰り返されたこの受け答え。いつしか私達はお互いの仕事先でのことをほとんど話さなくなっていた。

「土曜日、また雅美達が麻雀しに来るんだけど、いいかな？」

「僕は構わないよ」

「面子入る？」

「どうかなあ。やってもいいけど、もしかしたら出掛けるから」

「うん。分かった」

夫も最初の頃は家にいれば麻雀に加わっていたのだが、初心者相手ではやはり面白くないらしく、最近はあまり加わることはない。

彼は本当に如才ない人で、自分の家に誰が来ても決して嫌な顔をしたりしない。私や女友達や母がどうでもいい噂《うわさ》話をわいわい話しているのを、無視するでもなくかといって積極的に話に加わるでもなく、自然に相槌《あいづち》を打ちながら、時には絶妙なタイミングで味のある冗談を言って皆を笑わせたりもする。

いい旦那《だんな》さんを貰《もら》ったね、と女友達は口々に言う。確かにそうだ。本当にそうだ。そういう人だから好きになって結婚したのだ。

私の父親はとても気難しい人で、そんな席に座ることはない人だった。父の機嫌をとってびくびくと暮らしていた母と私には、余計に夫の愛想のよさと人への気遣いが美徳に感じられるのかもしれない。

私は本当に恵まれている。

両親の離婚に際して、私と母には家と土地を売ったお金がまるまる入ってきた。それは、愛人と結婚をするために別れるという、父に一方的に非があっての離婚だったからだ。そのお金で私と母はマンションを買った。

だから今の私には、悩みらしい悩みはひとつもない。ストレス満開のこの世の中に、これほどまでに恵まれた人間は珍しいと自分でも思う。

平和が続いている。

気難しい父親はもう余所《よそ》の女の所へ行ってしまった。夫は穏やかで優しい人だし、母も今は幸せそうだし、私には女友達も沢山いて、麻雀だけでなくテニスをしたり海外旅行にも出掛けたりする。

これ以上のことを私は望む気はない。

アルバイトは単調な仕事で面白いといったら嘘《うそ》だろう。まわりに恋愛対象となる男の人がいなくなってしまったのも少し淋《さび》しい。でもそんなことは些細《ささい》なことだ。不満を言いだしたらきりがない。人生はきっとこんなものなのだ。一日一日が平和で楽しければそれでいい。

「茜、悪いんだけど」

夫に言われて、ぼんやり物思いに耽《ふけ》っていた私は我に返った。

「え？　何？」

「少し金借りていい？　今月ちょっと使いすぎちゃって」

彼には毎月決まった額の小遣いを渡しているのだが、たまに足りなくなる時もあって、そういう時は家計から少し出してあげることにしているのだ。

「いいよ。どのくらい？」

「できたら十万くらい」

「え？」

思わず私は聞き返した。いつもは二万か三万くらいだからだ。

「後輩と行った銀座の店が意外に高くてさ。見栄張って奢《おご》ったらすごい請求書が来ちゃって」

「やあね。もっと身の丈にあった店で飲みなさいよ」

「もちろんだよ。これで懲りた」

苦笑いで頭を掻《か》く夫に、私も仕方なく微笑《ほほえ》んだ。

私は恵まれている。私は幸福だ。

けれど時々、頭の隅の方で小さな羽虫が飛び回っているようなそんな気がする。追い払っても追い払ってもまとわりついてくるその虫は「退屈」という名のものだろうと私は実のところ感じているのだ。


土曜日、夫は言っていた通りどこかへ出掛けて行った。行き先は分からない。

私達の麻雀はだいたい午後二時ぐらいから始め、夕食を挟んで夜の十時前ぐらいに終わるのだが、長引くと夜中までやる時もある。

その日も私と母と雅美ともう一人の友人の四人で卓を囲んだ。母は以前カルチャーセンターの麻雀教室に通っていたことがあり、最初は私達の中で一番うまかったのだが、今は皆だいたい同じぐらいの実力になってきた。いっぱしにお金も賭《か》けるようになり、それなりに白熱する。

夕方になると一時ゲームは中断されて、母が晩ご飯の支度に立つ。材料は雅美達が来る時に買ってきてくれるのだが、母一人に料理させるのは何なので、その時点で一番負けている人が手伝いをすることになっている。今日は雅美でない方の友人が負けていたので母と一緒にキッチンへ行き、座敷に私と雅美が残った。母と友人の楽しそうな笑い声が廊下の向こうから聞こえてくる。

「今日、秀二さんは？」

メンソールの煙草に火を点《つ》けながら、雅美が聞いてきた。

「どっか出掛けた」

私はリモコンでテレビを点け答える。

「どっかって？」

「さあ、聞いてない。競馬かなんかじゃないの？」

テレビでは夕方のニュースで競馬の大きなレースの結果をやっていた。私は興味ないのだが、夫は時々馬券を買っているようだ。

「さあって……そんな安心してていいの？」

「いちいち、どこ行くの？　何時に帰るの？　って聞かれたら鬱陶《うっとう》しいでしょう」

「自由にさせてあげてるってこと？」

「休みの日にどこ行って何しようと人の勝手じゃない。誰に迷惑かけてるわけじゃないし」

「休みの日に女房の女友達と母親が押しかけてきて、煙草くわえて麻雀なんかするから、いたたまれなくて出掛けてるのかもよ」

テレビのスイッチを切り、私は彼女に向き直った。

「やけに今日はからむじゃない。雅美からそんなコンサバなご意見を頂けるとは意外だね」

　ゆっくり髪をかきあげて彼女は私の顔を見、そして睫毛《まつげ》を伏せた。何か言いあぐねているようだ。

「何かあったの？」

「黙ってようかとも思ったんだけどさ」

「気になるじゃない。言ってよ」

「最近、秀二さんの様子、変じゃない？」

　そんなことを言われて私は目をぱちくりさせる。

「カズ君がさ、先月秀二さんがキャバクラにいたの見たって」

　カズ君というのは雅美といっしょに暮らしている恋人だ。彼女より五歳年下で、今はわりと真面目《まじめ》に働いているそうだが、以前はクラブでDJ紛《まが》いのようなことをしていた男だ。明るくて遊び好きで魅力のある人だとは思うけれど、私だったらそんな危なっかしい男に恋愛感情なんか持たないだろう。でも友達としては面白くて好きだ。秀二も交えて、四人で一度スキーへ行ったことがある。

「キャバクラ？」

「私だって行ったことないからよく分かんないけどさ、とにかく女の子に触っていい店よ。そこで秀二さんご乱行だったようだよ」

カズ君は仕事仲間とたまにその店に行くそうだ。その時に少し離れた席でサラリーマンが三人大騒ぎをしていることに気がついた。まあそういう店は悪ふざけをしに行くための店なのだからいいとしても、そういう店には店なりのルールがあって、女の子が本気で嫌《いや》がるようなことはしないのが普通らしい。

なのに彼らは、嫌がる女の子のスカートの中にも手を入れて騒いでいるようだった。他人事《ひとごと》ながら、今に奥から強面《こわもて》の男が出て来るのではないかとカズ君は緊張するほどだったという。そしてトイレに立つついでに、どんな奴《やつ》らか顔を見てやろうとして彼らのテーブルの横を通りかかりびっくりしたそうだ。三人の男の中で一番下品に大声を上げ女の子に迫っていたのが、うちの秀二だったそうなのだ。

一通り聞いた後、私はうまい返答が見つからず自分の煙草に火を点けた。

「……人違いじゃないの？」

「私もそう言ったんだけどね」

「けど、何？」

「私も見ちゃったのよ。先週かな、渋谷《しぶや》で秀二さんが、いかにもバカっぽい二十歳ぐらいの女の子といちゃいちゃしながら歩いてるの」

私はゆっくりと煙を吐き出した。今言われたことが全然実感として自分の中に入ってこない。あの秀二がキャバクラ？　私と付き合いだしてもキスから先にいくのに半年以上かかった秀二が？　酒と競馬ぐらいはやっても、それ以外のことには超がつくほど真面目だと会社で評判だった秀二が？

「やっぱり言わない方がよかったかな」

私が黙っていたので雅美は心配そうに付け加えた。私は「そんなことない」と笑顔をつくる。

「秀二は秀二なりに、クサクサしてることもあるのかもしれない。ちょっと気をつけてみる」

「そうした方がいいかもよ」

雅美は少しほっとしたように、でもどこか後ろめたそうに言った。ちょうどそこで「ご飯できたわよ」と母の明るい声が聞こえ、私達は立ち上がった。

別に大したことじゃない。今自分で言った通り、夫は夫なりに普段人当たりがいい分の鬱憤を晴らしているのかもしれない。本人に直接聞いてみよう。そう思った。

でもその日の麻雀は、結局私の一人負けだった。

翌日の日曜日、夫の運転で私と母はスーパーマーケットに買い物に出た。日曜日はだいたいこうして彼に車を出してもらって、洗剤だのお米だの重いものを買いに行くのが習慣になっている。

普段は気にもとめていなかった夫の態度をじっくり観察してみたが、特に変わったところはないように思った。車の中では母のお喋《しゃべ》りに相槌《あいづち》を打ち、スーパーではカートを押して私達の後について来た。

そしていつもの日曜日と同じように、家に戻ると夫は自分の家事分担である風呂《ふろ》掃除を終えてから、ソファで本を読んでいた。夕方には母が来て私と二人で夕飯を作り、それを三人で和やかに食べた。

食事が済んで母が帰ったら「カズ君がキャバクラで秀二を見かけたんだって」と明るく言ってみようと思っていたのに、何故《なぜ》だか私はそれを言いだせなかった。夫のにこやかな、でもどこかガードの固い微笑《ほほえ》みを見ると、言わない方がいいのではという気になってしまった。

でも私はその夜、彼が風呂に入っている隙《すき》に、これだけは絶対やめようと思っていたことを実行してしまった。漠然とした不安が徐々に大きく重くなり、耐えられなくなってしまったのだ。

私は音をたてないようにそっとクローゼットを開けた。きちんとハンガーに掛けられた夫のスーツに手を伸ばす。これだけはやるまいと思っていたことは、夫の服のポケットや鞄《かばん》の中をこっそり探ることだ。

もし彼のスーツの中から、出てきてほしくないものが出てきてしまったらどうしよう。

心臓が大きく鼓動を打ち、ポケットに入れかけた手を私は止めた。

やっぱりやめておこうか。浮気の証拠になるようなものが出てきてほしくないのなら、最初から見ない方がいい。知らない方がいいこともあるのだと、夫と同じ会社を辞めたぐらいなのだから。

しかし思ったことと裏腹に私の手は止まらなかった。夫のスーツのポケットを手早く探る。出てきた物はハンカチとティッシュ、ミントガムとレシートが三枚だった。

私は床に座り込んでそのレシートを見た。一枚はランチとコーヒー。二枚目は駅前の本屋のもの。そして三枚目はどこかのバーのレシートだった。明細を読むと人数は三人で、それぞれカクテルを三杯ずつと軽いつまみを頼んでいる。決して安くない金額だったが、人数が二人でなかったことにとりあえず私はほっとした。

考えすぎなのかもしれない。雅美が変なことを言うから、いらぬ心配をしすぎたのかもしれない。そう思いながら私は立ち上がり、夫の地味な色のスーツをハンガーに掛け直した。その時、さっき探ったと思った上着の内ポケットの上に、もうひとつ小さなポケットがついていることに気がついた。そこにも手を入れてみる。何かが手に触れた。

出てきたものを、私は掌《てのひら》に載せてじっと見つめた。三センチ四方ほどの小さなビニール袋の中に薬のようなものが二錠入っていた。ぱっと見た時は頭痛薬かなと思った。でもよく見ると、錠剤の表面に蝶《ちょう》のような形が浮き彫りにされているのが何だか変で、お菓子みたいにも見える。

薬局で買った薬ならパッケージされたまま持っているのが普通なのに、何故裸のままビニール袋に入れてあるのだろう。

見てはいけないものを見てしまったようで、私は吐き気のようなものと、いてもたってもいられないような不安を感じた。

その時、バスルームの扉が開く音が聞こえた。私はびくりと震え、それを元のようにポケットに戻して慌ててクローゼットを閉めた。


何となく母には相談できないような気がした。大ごとになってしまうのが恐いこともあった。

とにかく少し様子を見て、本人にちゃんと聞いてみよう。私はそう決心したのに、月曜日も火曜日も、そして金曜日になっても夫に何も質問することができなかった。

この前ちょっと高い金額を家計から借りていった以外は、夫に何も変わった点はない。私より三十分早く起きてパンを食べて出掛けて行き、夜遅くに少し酒の臭いをさせて帰って来る。乱暴な言葉を吐くでもなく、ただ淡々と着替え淡々とシャワーを浴び、私に少し微笑みかけてからベッドに入る。二つ並べたシングルベッドの向こうからはすぐに寝息が聞こえて来る。

私達はもともと性の方は淡白で、結婚してからは四ヵ月に一度ぐらいしかセックスをしない。私はそれぐらいでちょうどいいと思っているし、夫も別に何も言わない。私達は自分達の子供をつくることについて、特に話し合ったことはない。避妊をしていないので、できたら生もう程度にしか私は考えていないし、夫もたぶんそうなのだろうと思う。

何も聞けないまま金曜の夜が更け、土曜日がきた。夫は少し朝寝坊をしてから、先週と同じように「ちょっと」と言って出掛けて行った。

私はもしまた土曜日に夫が一人で出掛けて行くのなら、思い切って尾行してみる決心をしていたので、わざわざ買っておいた十歳は老けて見える服を着て伊達《だて》眼鏡をかけ、駅に向かう夫の後をこそこそとついて行った。

最初のうちは見つからないか緊張したけれどすぐに慣れた。普通の人は自分がまさか尾行されているとは思わないだろう。彼は一度も後ろを振り返らないし、きょろきょろしたりもしない。

夫は渋谷に出て一人で一本ロードショーを観、それから本屋とCDショップに寄った。私が心配しているようなことは全然起こらない。拍子抜けした私は自分の行動がバカバカしく思え、そろそろ帰ろうかと思った時、夫が腕時計を気にしはじめたことに気がついた。

彼はCDショップを出てセンター街に向かった。さすがにどきどきしてくる。誰か女の人と待ち合わせでもしているのだろうか。

人込みをかき分け、私は遠く先に見える夫の背中を追いかける。すると夫がファーストフードの店の前で足をゆるめ、立ち止まった。私も足を止める。

店から制服姿の高校生らしき女の子が出て来た。その子は夫に片手を挙げた。夫も同じように片手を挙げ、そして二人は並んで歩きだした。

今流行している「援助交際」という言葉が頭を過《よぎ》った。私は爆発しそうな胸をおさえつつ、二人の後を追いかける。彼らは路地に入って行った。私も少し遅れてその路地を覗《のぞ》き込む。

すると思ったよりも近くに二人が立っていて、私は慌てて頭を引っ込めた。そして、そろそろとテレクラの看板の陰から二人の様子を窺《うかが》い見た。

夫は財布からお札を出し、高校生の女の子に渡しているところだった。女の子はお金を受け取ると制服のポケットに手を入れて、何か取り出し夫に渡した。夫は渡されたものを確認するように見てから自分のジーンズのポケットにしまった。そして二人はまた会った時のように片手を挙げ左右に分かれた。夫は路地をそのまま入って行き、高校生は私の方に向かって来る。

呆然《ぼうぜん》とした私の前をきつい香水をつけた茶色い髪の少女が、何食わぬ顔で通りすぎて行った。少女に声をかけるのだ、何をしていたのか尋ねるのだ、と思っても、私はまるで石になってしまったように全然動けなくなっていた。

どのくらいそこに突っ立っていただろう。私はやがてのろのろと歩きだし、駅に向かった。考えがまるでまとまらなかった。ただ訳の分からない恐ろしさと悲しさでいっぱいだった。とてもまっすぐ家に帰る気にはなれず、雅美に電話をかけてみると、とにかく家においでよと彼女は言った。

何も考えられないまま電車に乗って雅美の家に向かった。手土産を買う気持ちの余裕すらなくしていたことに、私は雅美の家のチャイムを押した時に気がついた。

家にはカズ君もいて、私は気が緩んで少し泣いてしまい、夫のスーツから見つけた錠剤のことや今日の女子高校生のことを全部二人に話した。

「それ、エックスかもよ」

ずっと黙って私の話を聞いていたカズ君が、ぽつんとそう言った。私は彼の浅黒い顔を見る。

「エックスって？」

「エクスタシイっていって、今時の覚醒剤《かくせいざい》だよ。最近は高校生が売人やったりしてるんだ」

「……まさか」

「本当だよ。ヤーさんや外国人が直接売ると目立つだろう。だからチーマーとかコギャルとか利用して売ってんだよ。俺《おれ》はケミカルは嫌いだからやったことないけど、クラブなんかいけば今は素人でもばんばん買えるよ」

私が言った「まさか」は、まさか秀二が、という意味だった。夫はクラブキッズでも不良中年でもない、ただの平凡なサラリーマンなのだ。

「ま、捕まっても初犯なら執行猶予がつくよ。安心しなって」

カズ君がそう言うと雅美が彼の頭を叩《たた》いた。

「何言ってんのよ、あんた。笑い事じゃないんだからね」

「だから笑ってねえだろ。ねえ、茜さん。俺みたいなのがやるならまだしもさ、茜さんの旦那《だんな》さんみたいな人がもし本当にそんなのやってんだったらよくよくのことだよ」

私は頷《うなず》くことさえできない。

「人って外見じゃ分かんないもんなんだから。真面目《まじめ》で優しそうな奴《やつ》ほど、表側だけ取り繕って中はどろどろだったりするんだぜ」

「うるさいわね。茜の旦那さんはそんな人じゃないってば」

「雅美は分かってねえんだよ。ああいうタイプが一番ストレス溜《た》まっててキャバクラ行ったりするんだよ」

「あんただって行ってんじゃない」

雅美とカズ君が言い合っている横で、私はただ両手をぎゅっと握りしめていた。

もしかしたら秀二は、私ほど今の生活を幸福だとは思っていないのかもしれない。

そんなことは露ほども考えたことがないけれど、もしかしたら同じはずの私達の日常が、私と夫とではまったく違う色に見えているのかもしれない。

初めて心底ぞっとした。奥歯がカチカチと音をたてはじめる。

私は夫が本当は何を考えどう感じているのか、見ようとも知ろうともしていなかった。夫の悩みに係わりたくなかったから会社も辞めたのだ。人の心の闇《やみ》なんか知りたくなかった。だから悩みのなさそうな、呑気《のんき》そうな秀二を夫として選んだのかもしれなかった。私は人の家にいるのも忘れて床にうずくまった。夫のいる家に帰るのが、本気で恐かった。

様子のおかしい私を雅美とカズ君は車で送ってくれたけれど、家にまでは上がって行ってくれなかった。彼らだってやはり、他人のトラブルに深く係わりたくはないのだ。

震える手で私はドアノブを回し、玄関の扉を開けた。廊下の奥のリビングからはテレビの音が聞こえてくる。

私はまるでお化け屋敷にでも入るように、ぎくしゃくと足を進める。そして息を飲んでリビングを覗き込んだ。

「あら、お帰り」

母が私を振り返り、のんびりとそう言った。

「お義母《かあ》さんと先に夕飯食っちゃったぞ」

ソファの上で夕刊を広げている夫が言った。テレビにはいつも見ているバラエティー番組が映っていて、母がそれを見て楽しそうに笑い声をたてていた。私は突っ立ったままで、そのあまりにも平和な風景を見ている。いつもの和やかなリビング。でもこれはまやかしなのだろうか。

テレビがコマーシャルに変わると母が「さて」と言って立ち上がった。

「じゃ、私は帰るわね。茜、遅くなるなら電話一本ぐらい入れなさい。そんなんじゃ離婚されちゃうわよ」

笑いながら母は言い、私の横をすり抜けて玄関を出て行く。夫は横顔を私に見せたまま、まだ夕刊に目を落としていた。

私が無断で遅くなったことについて、そして姑《しゅうとめ》と二人で夕飯を食べたことについて、夫がどう思っているのか私にはまったく分からなかった。

私は今まで予想や推測で夫の気持ちを決めつけてきた。笑っているのだから楽しいのだろうと。怒ってないのだから、それでいいのだろうと。彼の帰りが遅いことも「帰宅拒否症なのでは」と発想することすらなかった。

「秀二」

震える声で私は夫を呼んだ。「ん？」と私の方を見ず、声だけで彼は返事をする。

「もしかして本当は」

そこで夫は顔を上げて私を見た。きっと私は今まで一度も見せたことのないような青い顔をしていることだろう。

「本当は離婚したいんじゃない？」

「うん。そうだね」

恐ろしいほどあっさりと夫は答えた。すっかり見慣れた穏やかなその笑顔で。

バツイチ

矢島君って男っぽくないよね。

そう言ったきり彼女は口を閉じた。僕がビールを飲み干し、突き出しのおひたしを食べてしまっても彼女が口を開く気配はない。通りかかった店のおばさんに冷酒と天ぷらを頼み、隣の席の親父《おやじ》が広げていたスポーツ新聞を覗《のぞ》き読みし、爪《つめ》の甘皮を引っかいたりして待っていたが、彼女はずっと黙ったままだった。

世の中には無口な女性というのが実在するんだなと僕は改めて感心し、うつむきかげんに伏せられた彼女の睫毛《まつげ》を眺めた。僕が目の前に座っていることなどすっかり忘れてしまったかのように、彼女はグラスのビールをちびちび飲んでいる。

肩を覆うぐらいの長さにただまっすぐ伸ばしてあるだけの髪と、唯一のアクセサリーであるある小さなムーンストーンのピアス。チャコールグレーのシェットランドセーターとジーンズという恰好《かっこう》は、カジュアルなのに不思議と垢抜《あかぬ》けて見える。アパレル関係の仕事といっても通るだろうが、彼女はトリマーである。犬や猫の美容師だ。

出会ったばかりの頃、彼女の極端な口数の少なさは、いい女を気取っているのかと思っていた。女というものは猫を被《かぶ》り通せないもの、放っておけばそのうち聞いてもいないこともああだこうだと喋《しゃべ》りだすだろうと思っていたのに、付き合いだして半年近くたっても彼女は依然無口なままだった。

行きつけのこの蕎麦屋《そば》で、僕達は夕飯がてら酒を飲んでいる。この店は駅から少し離れた住宅地の中にあって、蕎麦屋と割烹《かっぽう》の間ぐらいの店だ。夜はこうして一杯飲んでいる客が多い。

しかし居酒屋なわけではないから、大勢で来て騒いでいる客はいないし、BGMもかかっていないので店の中はしんと静かだ。その上連れの女性が無口なものだから、一人でぺらぺら喋っているのも変でつい僕も口数が少なくなる。そういうと何だか居心地が悪そうだが決してそうではない。好きな女性を眺めながら、ただぼんやり酒を飲んだり肴《さかな》を摘《つま》んだりするのは意外なほど楽しいものだ。

「そんなに俺《おれ》って男らしくない？」

だが、さすがにしびれを切らして僕はそう尋ねた。

「男っぽくないって言ったのよ」

アルトのおっとりした声で彼女は答える。

「悪かったね、優男《やさおとこ》で」

「褒めてるのに」

彼女のかすかに紅をさした薄い唇が三日月の形に変わった。両目は新月になる直前の糸みたいに細く、広い額《ひたい》はふっくらと幸せそうな満月だ。

そこで冷酒が届き、僕達はお互いの猪口《ちょこ》に酒を注ぎあってそれを飲んだ。彼女と酒を飲むと、僕は毎回「日本酒ってこういう味だったな」と当たり前のことを当たり前に思う幸せに浸ることができる。もしかしたら他人からは、何かよくないことがあってしんみりしているように見えるかもしれない。考えてみれば、沈黙が苦にならない相手というのを男女問わず僕は初めて見つけた気がする。

「千晶《ちあき》さんは女っぽいよ」

酔いを自覚しながら私は言った。

「そんなこと言われたことない」

「な、ことないだろう。そんなおかめのお面みたいな顔して」

「失礼ねえ」

小さく笑いながら、彼女はこぼれ落ちた髪の一房を左手で耳にかけた。そのしぐさに僕は酒の酔いとは違う軽い目眩《めまい》を覚えた。

人生はいつ何が起こるか、本当に分からないものだ。

僕は理想の恋人を見つけた。顔色を窺《うかが》わなくても、話題を探さなくてもいい、口数少ない静かな女。優しく柔らかい時間をくれる年上の女。こんなことは奇跡に近い。孤島に数えるほどしか棲息《せいそく》していない絶滅寸前の美しい鳥が、突然会社帰りの僕の前に舞い降りてきたようなものだ。

けれど。彼女の空いた猪口に酒を注ぎ、それを受け取る細く長い指先を見ながら僕は思う。
けれど、どんな女性も出会った時は優しく柔らかかったのだ。なのに、どの女性もテーブルの上に出しっぱなしにしておいた大福のように、あっという間に乾いて硬くなった。彼女も近い将来、そうなってしまうのだろうか。ずっと柔らかいままの女性は、この世に実在するんだろうか。

店を出ると、僕達はそこから歩いて五分ほどの場所にある千晶のマンションに向かった。我々のデートは週に一度か二度、先程の蕎麦屋で待ち合わせて軽く飲み食いし、そのまま彼女の部屋に行くのが定番になっている。

僕の家は私鉄の駅を挟んで逆方向に十五分ほど歩いた場所にある。彼女の部屋に行っても翌日仕事がある時は日付が変わる頃には家に帰るし、週末でも朝になる前になるべく引き上げるようにしている。千晶はそのことに関して不満はないようで「まだ帰らないで」とは口にも表情にも出したことはない。

蕎麦屋を出ると僕達はやっと少し恋人らしくなる。手をつないで歩き、ぽつぽつと天気や仕事の話をする。近所のコンビニでちょっとした買い物をして、彼女のマンションに向かう。エレベーターのない古いマンションの四階にある千晶の部屋。黙ったまま彼女は鍵《かぎ》を開けて中に入る。玄関で靴を脱ぐ前に僕達は軽く唇をあわせる。いつもその様子を、ご主人の帰りを迎えに出て来た猫がきょとんと見上げている。

千晶はそのチンチラに「ただいま」と言ってコートを脱ぎ、鞄《かばん》を置き、僕に「お先に」と言う。先にシャワーを浴びてくるという意味だ。この前会った時も、その前会った時も同じだった。僕はそのことに安堵《あんど》し感謝すら覚える。同じことがこれからもずっと繰り返されることを密《ひそ》やかに祈ってしまう。誰でもが恋愛にドラマを望んでいるわけではないのだ。

彼女がバスルームに入って行くと、僕は冷蔵庫から勝手にビールを取り出し、ソファに腰掛けてそれを飲んだ。猫がそろそろと近寄って来て僕を見上げる。

人さし指を鼻先の前で動かしてみせたのに、猫は指先の匂《にお》いを嗅《か》いだだけでふいと横を向き、部屋の隅に行ってしまった。僕になどまるで興味がない様子で丸くなり、心地良さそうに目をつむっている。ここへはもう何度も来ているのに、いまだになついてくれない。

最初の頃、何の気なしに抱き上げようとしたら、思い切り爪を立てられ大きなミミズ腫《ばれ》をつくった。以前僕は三毛猫を飼っていたことがあって、そいつはすぐ膝《ひざ》の上に乗って来たし、抱かれるのも大好きだったからその激しい拒否反応にびっくりしてしまった。千晶が言うには、長毛種の猫は日本猫と違って人間に触れられるのをあまり好まないそうだ。

だからなのか、彼女自身も猫にあまり触れようとはしなかった。ちょっと頭を撫《な》でるぐらいで、あとはお互い知らん顔をしている。僕には物足りないように感じるクールな性格の猫も、彼女にはちょうどよく感じるのかもしれない。

千晶の性格は、部屋のインテリアにもよく表れていた。何しろ彼女の部屋にはテレビがなかった。僕はテーブルの上に置いてあるラジカセのスイッチを入れた。ニュースを読むアナウンサーの低い声が流れてくる。僕はそれを聞きながら、ビールを飲んで部屋の中を見渡した。

彼女の部屋には必要最低限の物しかない。パーテーションの向こうのシングルベッド。僕が今座っている二人掛けのソファ。小さなテーブルと小さな本棚。今時留守番機能もないただの電話。洋服は作り付けのクローゼットの中で、食器はミニキッチンに付いている棚の中だ。つまりそれに入るだけしか物を持っていないということだ。唯一の余計なものが、毛足の長い猫とその食器やトイレだった。

壁紙はアイボリーで、ベッドカバーとカーテンとクッションはグレーだった。猫の名前はその毛色通り〝シロ〟という簡単なものだし、彼女自身もほとんど色彩のない服しか身につけていないので、本人も含めて部屋から猫までカラーコーディネイトされているというわけだ。

部屋も、飼い猫への愛情も、僕への接し方も一言で言って淡白だった。僕達は自分達の今後について話し合ったことがない。僕も言いださないし彼女もそれは同じだった。もうすぐ彼女がシャワーから出て来る。カットソーのゆったりした部屋着を着て、外で見るより倍はリラックスした顔で、少しはにかみ微笑《ほほえ》むだろう。そして僕もシャワーを浴びて、清潔なシーツを被《かぶ》って抱き合うのだ。

この半年間は夢のようだった。好みのタイプの女性との間に恋が生まれて、何も問題なく穏やかに逢瀬《おうせ》を重ねてきた。

彼女については、まだ知らないことの方が多いだろう。

彼女が語ったのは、学生時代にずっとやっていたバレーボールのことや、母親が動物を飼うのを嫌《いや》がったので、子供の頃から将来はペットショップで働こうと思っていたことなどだ。

歳は僕より二歳上で、酒は結構飲めるようだけれど一人で飲むことはないそうだ。ペットショップの定休日は月曜日で、あと一日好きな曜日に休んでいいことになっている。枕《まくら》元《もと》にはいつもクロスワードパズルの雑誌が置いてある。千晶について知っていることはそんなものだ。

もっと色々なことを知りたい気持ちは確かにある。けれど、これ以上知らない方がいいような気もしている。恋が深まっていって、未知の部分がなくなっていくにつれて、結局煮詰まって不幸になるのならこのままでいた方がいいような気がする。

そんなふうに思うところが「男っぽくない」のかもしれないと思い当たったところで、バスルームの扉が開いた。

濡《ぬ》れた髪の彼女と目があった。小首をかしげ不思議そうにこちらを見ている。千晶の方も僕の過去について何も聞こうとはしない。わがままも文句も言わないし、次の約束も迫らない。

そんなふうな関係になっているのは、やはり、お互い離婚経験があるからだろうか。

彼女に出会ったのは一年ほど前のことだ。

大学進学を機に実家から独立していた僕は、約十年ぶりに生まれ育った街に戻って来て、駅を中心にした街並みが大きく様変わりしているのに驚いていた。

都心から二時間ほどしか離れていないベッドタウンなので、正月ぐらいは親に顔を見せに戻ってはいたが、車での往復だったので街の変化に気がつかなかった。

昔は古くさい商店街しかなかったのに、今では駅の上に大きなショッピングセンターが被さっている。商店街も明るいモールに変身し、女の子が喜びそうな洒落《しゃれ》たカフェや、品《しな》揃《ぞろ》えのいいパン屋、最新の映画を貸し出すレンタルビデオ屋、大きな書店、スーパーマーケット、ジーンズショップはもちろんのことデザイナーズブランドのショップまである。そのどれもが巨大資本のチェーン店で、僕が以前暮らしていた都心の街と変わらない物が何でも買えるのだ。何だか不思議な感じだった。

再び住むことになった実家には、まだ老人と呼ぶには早い両親が住んでいる。けれど、母親にはもう僕の面倒はみないでくれと告げた。今更母親を、息子の帰宅時間や食事やYシャツの替えのことで煩わせたくなかった。かといって自分で料理やアイロン掛けをする気にはなれず、僕はすっかり変わってしまった自分の街で、弁当が買える店や遅くまで開いているクリーニング屋を探さなければならなかった。

早い時間に帰って来れば、駅ビルの地下で何種類もの弁当が買えることが分かった。駅前モールには酒屋もあった。ビールはそこで買えばいい。路地を入って探索すると、結構感じのいいバーや、汚いけれどまあまあうまい定食屋も見つかった。そして路地を曲がって県道へ出た所に、わりと大きなペットショップがあるのを見つけた。

ウィンドーの中のケージには子猫が何匹か眠っていて、僕はそれを覗《のぞ》き込んだ。別れた妻が連れて行ってしまった三毛猫を思い出し、甘えん坊の猫の感触が懐かしくなった。

定時に会社が退《ひ》けた日は、僕は駅ビルで弁当を買い、酒屋でビールを買い、ちょっと寄り道をしてそのペットショップのウィンドーを覗き込むのが習慣になった。

時間がある時は店の中にも入り、ケージの中の犬や猫、小鳥や亀や金魚なんかを見て回った。もう少し生活が落ちついたら猫でも飼ってみようかという気になってくる。けれど僕は頭《かぶり》を振った。自分一人で、その猫が死ぬまで責任を持って世話できるという自信がなかった。この歳になって、飽きたからと母親にペットの世話を押しつけるわけにはいかない。

そのペットショップに、まめに立ち寄る理由はもうひとつあった。何人かいる店員の中に千晶がいたからだ。

初めて見かけた時は、店の奥にあるガラスで仕切られた部屋で犬の毛の手入れをしていた。美人というのではなかったけれど、好みのタイプの顔だった。長い髪をうしろでぎゅっとひとつに結び、真剣な顔をして犬をブラッシングしていた。

それから店に行く度に僕は彼女を捜すようになった。レジに立っている時もあるし、ケージの掃除をしている時もある。他の店員と話しているのも見かけた。同い年ぐらいかなと思った。あまり笑わない。溌剌《はつらつ》としていて明るいというタイプではない。けれど何故《なぜ》か視線を吸い寄せられる。

ある日、僕はいつものように酒屋に寄った後、ペットショップのウィンドーを外から覗いた。その頃には動物を見るより先にまず彼女の姿を捜すようになっていた。

彼女の姿は見えなかった。何も買わないくせに、そうしょっちゅう店の中に入ると不審がられるだろうと諦《あきら》め、僕は道路に面したウィンドーにいるチンチラに目をやった。バーゲンの札が貼《は》られていて、値段が半額になっていた。

「この子、いかがですか」

後ろから声を掛けられて、僕はびっくりして振り向いた。彼女が僕を見上げていた。

「売れ残っちゃって安くなってるんです。でも健康だし性格もいいし、トイレの躾《しつ》けも済んでるし、お買い得ですよ」

「いや、あの」

「いつもいらっしゃって、じっと見てるから。動物お好きなんでしょう?」

そこで彼女はほんの少し笑った。

「すいません。動物は好きなんですけど、その、何というか、責任持って死ぬまで可愛《かわい》がる自信が……」

突然のことに僕はしどろもどろになって言い訳をした。すると彼女は肩をすくめ「そうですか」とあっさりと引き下がった。店の扉に手を掛けた彼女に僕は反射的に声を掛けた。

「あの」

彼女が振り返る。

「この辺でどこか、一人でちょっと飲めて食事ができる適当な店、知りませんか。引っ越してきたばかりで探してるんですけど、どこも今ひとつで」

すらすらとそんな嘘《うそ》が出てきた自分に少し驚いた。実家に戻って来てからもう三ヵ月がたとうとしていたし、定食屋はもう三軒も見つけてあった。

彼女は無表情にしばらく僕の顔をじっと見ていた。こりゃ警戒されてるな、と思った時、彼女がうっすらと微笑んでその蕎麦《そば》屋を教えてくれたのだ。

駅から僕の家とは逆方向なのにもかかわらず、僕はその蕎麦屋に一日おきぐらいに通った。そして思った通り、一週間後には彼女に会えた。彼女も一人だったし、僕も一人だった。最初に会った時は挨拶《あいさつ》だけして別々に座っていたが、次に会った時はカウンターに並んで座った。彼女はあまり表情がなかったけれど、嫌《いや》がってはいないようだった。約束しないでもその店で会えるようになり、僕は会社の名刺に実家と携帯電話の番号を書いて渡した。彼女は名前を教えてくれただけで、電話番号は教えてくれなかった。

僕は最初の頃に、離婚歴があることを彼女に告げておいた。すると彼女はちょっと驚いて「私もなの」と呟《つぶや》いた。僕は驚かなかった。何となく影があるのは、そんなことだろうと思っていたからだ。それに今時もう離婚は珍しくない。

三回目か四回目の、偶然を装った蕎麦屋でのデートの後、僕は思い切って彼女を家まで送ると申し出た。もし千晶がこれ以上僕に近づいてほしくないのなら、自分の部屋の在《あ》り処《か》を教えるわけがない。だからそれを断られたら蕎麦屋通いをやめようと思っていたのだ。彼女にしてみれば好意で教えた店なのに、行くたびにいつも僕に会ってしまうのはプレッシャーになっているかもしれないと思ったのだ。

でも千晶は断らなかった。マンションの前まで来た僕に、お茶でも飲まないかと彼女の方から誘ってくれた。そして部屋に入り、自然と抱き合った僕達の足元に、あの日売れ残ってバーゲンになっていた猫がいたというわけだ。

最初のうちは何度か映画を観たり都心のレストランに行ってみたり、デートらしいこともしてみたが、結局二人とも外出することがそれほど好きでないことが分かって、私が千晶の部屋に通うようになったのだ。

　お互い離婚経験があるということは、当たり前だが結婚していたことがあるということだ。けれど、どういう経緯で結婚して離婚に至ったかについては、彼女も僕もまだ一言も話していない。

　こんな関係がずっと続けばいい。彼女も僕もこれ以上何も要求しあわないで、お互いの都合があう時に会って、しばらく連絡しなくても機嫌を損ねたりしない、礼儀正しい友人のような間柄でいたかった。

　なのにその日、異変があった。

　僕がシャワーを浴びている間、電話の鳴る音が一回聞こえたような気がした。髪を洗う手を止めて耳を澄ましてみる。彼女が相槌《あいづち》を打つ声がかすかに聞こえた。

　千晶の部屋に僕が来ている時に電話がかかってきたのは、初めてかもしれない。けれど彼女にだって友達や親や親戚《しんせき》や、結婚していたぐらいだから恋人だった男だっているのだから、誰かから電話ぐらいかかってくるだろう。

　そう自分に言い聞かせて僕はバスルームを出た。千晶はソファではなく、フローリングの床にぺたんと座っていた。振り向いた彼女の目に何故だか怯《おび》えのようなものがあった。

　その千晶の表情を見て、僕は打ち消そうとしていた嫌な予感が当たったことを知った。

無理に微笑《ほほえ》もうとしている彼女の頰《ほお》は明らかに強張《こわば》っていた。

申し訳ないんだけど、と彼女は小さく言った。

「都合が悪くなったんだろ。いいよ、今日はもう帰るよ」

彼女が全部言う前に僕は言った。明るい声を出したつもりだったが声がかすれてしまった。

「本当にごめんなさい」

「気にしないでいいって。また来るから」

悪いのは僕ではないのに、まるで自分の悪事でも隠すかのように僕はそそくさと服を着た。謝る彼女に笑顔をふりまき、僕は彼女の部屋を出た。

前の夫でも来るのかもしれない。あるいは別の男だろうか。それを僕が責める権利はないし、責めようとも思わなかった。

実家への道を僕はとぼとぼと歩いた。濡れたままだった髪が北風に煽《あお》られ冷たかった。


「いやあ、とうとう別れちゃいましたよ」

会社の近くの喫茶店でいつものように昼食を摂《と》っていると、同じ課のひとつ年下の男が笑いながらそう言った。家庭がうまくいっていないとは聞いていたが、それほど深刻だったとは知らなかった。

「いつ？」

「先週、判子押して区役所行きました。その前の週にマンションは引き払ってたんですけどね」

「そうか。大変だったな」

彼は無理が感じられるほど明るく笑い、生姜《しょうが》焼きの最後の一切れを口に入れた。

「ま、うちは子供がいるわけじゃなかったから。ままごとみたいなもんでした。あっけないですよ」

「そんなことないだろう。ちゃんと結婚して一緒に暮らしてたんだからさ」

僕は食欲が引いていくのを感じ、ランチを少し残したまま箸《はし》を置いた。

「愛は四年で冷めるっていうけど本当でしたね。二年付き合って結婚して、二年半で離婚ですから」

「大丈夫か？」

「やだなあ、どうってことないですよ。矢島さんだってそうでしょ。一人になってのびのびしてます」

その男が殊更明るく振るまうのが少し胸に痛かった。きっと自分が離婚した時も、まわりはこんな目で僕を見ていたのだろう。

喫茶店を出ると、僕は本屋に寄るからとその男と別れた。けれど僕はいつも立ち寄る本屋の前を素通りし、オフィス街の一角にある小さな公園に向かった。天気はよくてもまだ風は冷たく、陽気がいいとOL達に占領されるベンチも今日はぽつぽつと空いている。僕はそれのひとつに腰掛け煙草に火を点《つ》けた。

みんな離婚するんだな。僕はそんなことをぼんやり思った。

彼が言った「どうってことないですよ」という言葉が嘘や強がりだとは思っていない。それは本当にどうってことはないことなのかもしれない。最近はもう誰かが離婚してもそれほど驚かなくなってしまった。

ここのところ離婚の報告を聞いた人を思い浮かべてみる。取引先の同い年の男、うちの課長、寿退職したはずの部下の女の子、大学時代に同じサークルだったカップル、今付き合っている無口なトリマーの女性。

子供はいたりいなかったり、年齢も若い人だけとは限らない。もしかしたら、それが自然なことなのかもしれないと思えるほどだ。

先程の男が以前酒の席で僕に打ち明けたところによると、彼の奥さんには他に好きな男ができたということだった。彼はこう言った。そんなの俺《おれ》に黙って勝手に浮気しとけばいいじゃないかよ、いちいち旦那《だんな》に断るなと。半分冗談まじりで。

奥さんは浮気ではなく本気だったのかもしれない。あるいは、そんなことよりも単に夫が嫌いになっただけなのかもしれない。真相は僕には知りようもないし、知りたいとも思わない。

女は欲張りだと思った。現状に満足するということを知らない。よく言えばそれは向上心があるということなのかもしれないが。

寒そうに肩をすくめ、でも楽しそうな笑い声をたてながら制服を着たOLが二人、僕の前を通りすぎて行く。その後ろ姿と風になびく長い髪を僕はぼんやり見送った。

僕の結婚生活は三年で幕を下ろした。幕を下ろしたという表現がぴったりだなと思うのは、僕はただ呆然《ぼうぜん》と事の成り行きを眺めていただけだったからだ。

妻だった女は、勝手に寄って来て勝手に離れていった。結婚したのは僕の意志もあってのことだが、やはりそういう印象を拭《ぬぐ》えない。ある日僕の前に現れて、好きです結婚して下さいと迫ってきた。僕はすぐその子を好きになった。愛されていると分かったから愛し返したつもりだった。

結婚して二年目に子供ができた。それで彼女は勤めを辞めた。僕が辞めろと言ったわけではない。ところが赤ん坊が生まれると、大きなお腹で満ち足りた顔をしていた妻が、一転して機嫌を損ねるようになった。

男の人は外に働きに出て世界が広くて羨《うらや》ましい。私はただの赤ん坊の奴隷だと言いだした。だったら子供を預けて共働きしようと言った。家事だって育児だって面倒ではあるが手伝うつもりだった。

でも妻は首を振った。そんな問題じゃないの。私はあなたをもう尊敬できないみたい。そう言って彼女は泣いた。僕はどうしたらいいのかまったく分からなかった。そして呆然としているうちに、彼女は子供を連れて実家に帰って行ってしまった。約半年の別居を経て、僕達は離婚した。

今でも、妻がいったい何を望んでいたのかよく分からない。

彼女は男の人は社会と関わっていて世界が広いと言ったけれど、それは男女の問題ではないように思う。広い世界で生きている人間など、野望と人望と体力に恵まれたほんの一握りの者だけだ。

性別が男で社会に出て働いていても、仕事というのはある程度ルーティンで、変わった出来事などそうそう起こるわけではない。僕のような事務職だと、一日に口をきく人間は限られているし、その内容もこれといって重要な話をしているわけではない。連絡と確認と社交辞令。たまに飲みに出ることがあっても、話題は上司の悪口や噂話《うわさ》、あとは天気やテレビの話だ。専業主婦の井戸端会議と世界の狭さという点ではほとんど変わりはない。

妻はそれをすぐに見抜いたのかもしれない。自分の選んだ男が思ったよりもずっとつまらない男だと分かったのかもしれない。けれどそれが何だと言うのだ。開き直る気はないが、最初から僕はつまらないただの男だ。出世も望んでいなければ、仕事以外で夢中になっているものもない。普通の新聞よりスポーツ新聞を楽しみにしている、つまらない男だ。

それが嫌《いや》なら仕方ない。それでも僕は、同じようにつまらないただの女である妻を大切にしてきたつもりだった。

だが僕はやはり、愛されるに値しない人間なのかもしれない。出て行った妻を連れ戻そうという気も起こらなかったし、まだ赤ん坊だった僕の息子も、こうして離れて暮らしてみれば特に恋しいということもない。

こんな人間はやはり、誰からも愛想を尽かされて当たり前なのかもしれない。千晶もやがて、僕の冷酷さに気がつくだろう。そして僕から離れていくのだろう。

また恋が死ぬ。それは最初から分かっていることではあったが、僕は自分がたとえようもなく脱力しているのを感じた。重い無力感が革靴の底にへばりついている。

会社の仕事は生き甲斐《がい》になどならない。恋人も妻も自分の子供さえも、僕を立ち上がらせはしなかった。欲望がない。金持ちになりたいわけでもない。ギャンブルも面白いと思ったことはない。次々と違う女を抱きたいわけでもない。では僕は何をしたいのだろう。どうして上昇志向のある人間に僕はならなかったのだろう。

僕にとって毎日はただの暇つぶしでしかなかった。でも人生は暇つぶしにしては長すぎた。

一本の電話で彼女の態度が変わったあの晩から、二週間がたとうとしていた。

僕の方から連絡していないし、あちらからも電話はない。実家の自分の部屋でベッドの上に寝転んだまま、僕は机の上に投げ出してある携帯電話を眺めていた。

このままお互い連絡を取らないでいたら、きっと僕達の仲は自然消滅するだろう。彼女は通勤に駅を利用していないし、基本的に休みは平日だ。僕がペットショップと蕎麦《そば》屋に行くのをやめれば、偶然会うこともまずないだろう。

そうなることを僕は望んでいるのか、そうではないのか、自分でもよく分からなかった。千晶に対して持っている恋心は決して嘘《うそ》ではない。けれど離れていく者を引き止めようと思うほどの情熱はない。彼女が僕から逃れたいのであれば、何もわざわざ会って別れを確認することはないのではないか。心変わりの理由を尋ねたり、時間がたったら友人としてまた会おうなどと心にもないことを言ったりするのは面倒だし気が進まない。だいたいそういう状況になるのが嫌で、僕達は（少なくとも僕の方は）曖昧《あいまい》な付き合い方をしていたのだ。いつでも離れていけるように、僕達は何も確認しあわなかったのではないか。

そこまで考えて、僕はむっくり起き上がった。

これではまるで、初恋に悩む中学生の女の子のようじゃないか。本当の気持ちを伝えて気まずくなるぐらいなら告白せずに友達のままでいたい。そんな理屈と大して変わらないような気がする。

自分に気色悪さがこみ上げ、僕は携帯電話を取り上げて千晶の部屋に電話を掛けた。

コール一度で「はい」と小さく彼女が答えた。僕が名乗ると彼女は明らかに絶句した。平日の夜の九時。今まで何度もこの時間に電話をしたことがあるのに、何故絶句されなければならないのだ。

「別に用事じゃないんだけど、どうしてるかと思って」

いつもと変わらない様子を装って僕は言った。

「うん。この前はごめんなさい」

「何のこと?」

とぼけてみせる僕に彼女はまた言葉を失っていた。じゃあまた、と言って電話を切ってしまえばそれで終わる。それが一番お互いが傷つかない方法だと僕は今までの経験で学んでいたはずだった。

「これから会えないかな。ちょっとでいいから」

なのに僕の口から出たのは、十代の少年のような台詞《せりふ》だった。

蕎麦屋はもう閉まってしまう時間だったので、僕は以前何度か二人で行ったことがあるバーで待ち合わせようと提案した。すると彼女は「申し訳ないけど」と断ってからドーナッツショップにしてくれないかと言った。

高校生でもあるまいに、と思ったが、すぐに僕はその理由に思い当たった。そのバーは中年の店主一人で切り盛りしている小さな店で、店主が見て見ないふりをしてくれても気まずい雰囲気は隠しきれないだろう。それに他の客でもいれば、彼女は別れ話を切り出すことができない。

駅前モールにあるドーナッツショップは深夜までやっているし、店内は広く客も多種多様だ。考えてみれば暗い場所でぼそぼそと話したら長引きそうだが、その店なら簡単に話が済みそうだ。

先に店に着いた僕は、大きな笑い声をたてる大学生風の四人連れから離れ、奥まった壁際の席に腰を下ろした。

約束の時間を五分過ぎたところで千晶が店に現れた。いつものように髪を肩に垂らし、セーターにジーンズという恰好《かっこう》だ。けれど顔が別人のようだった。もともとあまり化粧をしない人だったが、今日は仕方なく口紅だけ塗ってきたという感じで、頬《ほお》はかさつき瞳《ひとみ》は暗く沈んでいた。乾いて硬くなった大福だ、と僕はこっそりと思った。

無理にという感じで彼女は微笑み、カウンターで買ったコーヒーを持って僕の前に腰を下ろした。ドーナッツショップの明るすぎる蛍光灯が、艶《つや》をなくした彼女の顔を容赦なく照らしだす。

「体調悪い？」

僕がそう尋ねたのは決して厭味《いやみ》ではなく、本当に具合が悪そうに見えたのだ。

「ちょっと寝不足なだけ。大丈夫」

「忙しかったの？」

「そうじゃないんだけど……」

曖昧に彼女は言葉を濁し、コーヒーを啜《すす》った。

「夕食は？」

「夕方に少し食べた。矢島君は？」

「食べたよ」

そこで僕達は黙り込む。つい二週間前までは心地よかったはずの沈黙が、今は蜘蛛《くも》の巣のようにねっとりとまとわりついてきた。

「話があるんじゃないの？」

僕は耐えきれずにそう言った。こんな気まずい時間を過ごすぐらいなら、別れ話でも何でもしてさっさと帰ってしまいたい。

彼女はしばらく唇を噛《か》んで黙っていたが、意を決したように顔を上げた。

「最近会うのがつらくなってきて」

やっぱり。僕は指でコーヒーカップを軽く弾《はじ》いた。

「そう言われると思ってた。分かってたのに言いにくいこと言わせて悪かった」

僕は笑みさえ浮かべてそう言った。

「元の旦那《だんな》さんと縒《よ》りでも戻った？」

「そんなんじゃないの」

「ごめん。詮索《せんさく》するつもりじゃないんだ。俺達は特に約束してちゃんと付き合ってたわけじゃないもんな。俺はもうあの蕎麦屋には行かないから、千晶さんは安心して行っていいよ。近所に住んでるし、ばったり会うこともあるかもしれないけど、まあ、気まずくなんのだけはやめような」

自分でも馬鹿みたいだと思いながら、僕はそう言って笑い声をたてた。彼女は困ったようにうつむいている。

「今日は送れないけど、気をつけて帰って」

そう言いかけて立ち上がった時、僕は千晶の頰に涙が伝うのを見つけた。

その瞬間、猛烈に腹がたった。

こっちが無理をして和やかにしているのに、何故《なぜ》被害者になったように涙を零《こぼ》したりするのか。自分は何も悪いことはしていないと思っているのだろうか。厭味のひとつでも言ってやろうか。女性に手を上げたことはないけれど、一発顔を張ってやろうか。

憤怒に耐えて千晶を見下ろしていると、彼女は指で涙を拭《ぬぐ》ってから僕を見上げた。その明らかに憔悴《しょうすい》しきった顔に、僕は握っていた拳《こぶし》を弛《ゆる》めた。

「……何かあったのか？」

彼女は首を振った。けれど、そのまま彼女を置いて帰れるほど僕の性格は〝男っぽく〟はなかったのだ。


次の日曜日、僕は結婚していた時に暮らしていた街の公園で人を待っていた。

三月最初の日曜日は、すっかり春になったかのように暖かく、コートを着て出て来てしまった人は皆それを脱いで手に持っている。

花壇の縁《へり》に腰を下ろし僕は公園を見渡した。芝はまだ枯れているけれど降り注ぐ日差しは柔らかく、図書館の大きなガラスに反射しきらきらと光っていた。その下を何組もの家族連れが通りすぎる。

それを眺めているうちに、ベビーカーを押した女性が目に留まった。向こうも僕に気がついて小さく手を挙げて応《こた》えた。

元妻はゆっくりとこちらに近づいて来る。僕は吸っていた煙草を消して立ち上がった。

「呼び出してごめん」

彼女はうっすら笑って首を振った。

「どこか喫茶店にでも入ろうか。ここじゃ寒いんじゃないかな」

赤ん坊を見下ろし僕は言った。

「ここでいいわ。今日はあったかいし。それとも長くかかる話でもあるの？」

今度は僕が苦笑いで首を振り、空いているベンチを見つけて座った。彼女もベビーカーの車輪をロックして僕の隣に腰を下ろした。赤ん坊はぱっちり目を開け、不思議そうに僕を見つめている。

「可愛《かわい》いな。何ヵ月？」

「もうすぐ六ヵ月」

「女の子だったよな。ごめん、名前なんだっけ」

「美咲《みさき》。美しく咲くで、美咲」

「いい名前だね」

公園の日溜《ひだ》まりで赤ん坊を前に話をしている僕達は、端《はた》から見たら若い父親と母親に見えるだろう。けれど本当は離婚した元夫婦で、目の前の赤ん坊は元妻が再婚相手との間につくった子供だ。

「樋口《ひぐち》さんにはなんて言って来たの？」

「その通りに言って来たわ。矢島君がちょっと会いたいって言ってきてるって」

「そんなこと、わざわざ言わない方がよかったんじゃないか？」

「ご心配なく。そんなことで疑心暗鬼になったり怒ったりする人じゃないから」

反論が喉《のど》まで出かけたが、今更彼女と口論する気は起こらず僕は口を閉ざしてうつむいた。

「拓一は？　元気？」

「ええ元気よ。今日はパパと二人で出掛けたの」

「君も一緒に行くはずだった？」

「ううん。私が疲れてるだろうからって、休みの日はなるべく拓一を連れて出掛けてくれるの。そうしてくれると、私もこの子だけで少しはゆっくりできるから」

「そうか。優しい人なんだな」

　僕は手をのばし、そっと赤ん坊の頬に触れてみた。人見知りしない性格なのか、その子は怯《おび》えるでもなく僕と母親の顔を見比べていた。そして何の前触れもなく声をたてて笑いだす。僕は反射的に手を引っ込めた。不覚にも鼻の奥がつんとしてきた。

　同じ女性が産んだ子供なのだから当たり前だけれど、息子の拓一によく似ていた。今は息子も二歳になっている。今年の正月に元妻がくれた年賀状には、もう赤ん坊ではなくなった拓一がおもちゃの車に跨《また》がっている写真があった。その後ろには生まれたばかりの赤ん坊を抱いた元妻と、僕の代わりに世帯主となった樋口という男が笑って写っていた。

　その写真を見て、悔しいとか悲しいという気持ちにはならなかったが、何ともいえない空虚な感覚を僕は味わった。僕は自分の息子に一生会わないと決めている。会いたくないのではないが、会いたくて会いたくて仕方ないというわけでもない。けれど、どこかで大きな間違いをしてしまったような、苦い後悔が胸に押し寄せてきた。

その時ベビーカーにおとなしくおさまっていた赤ん坊が、飽きてきたのか「あー」と声をあげ、母親に抱いてほしいというしぐさをした。彼女はそれを見てベビーカーのベルトを外し娘を抱き上げた。

「何か話があったんじゃないの？」

黙ってしまった僕に元妻が聞いてきた。

「いや。別に何でもないんだ」

「拓一に会いたかった？」

「違うよ。君が再婚した時、もう会わないって約束しただろう」

離婚しても、もちろん父親の僕には息子に会う権利はある。けれど彼女の再婚がすぐ決まり、今ならまだ父親が代わったことが分からないほど息子は幼い。父親が二人いると混乱させるよりは、僕は変に会いに行かない方がいいのではないかという結論を出したのだ。それに離婚した時、何よりも彼女が二度と僕の顔など見たくないし、息子にも会ってほしくないと言ったのだ。

僕はそれを承諾した。新しい結婚相手は僕も知っている男だった。僕と元妻の共通の友人のそのまた友人というところだ。僕との離婚が成立してすぐに再婚話が持ち上がったようだから、別居している間にもう二人は付き合っていたのかもしれない。

ルックスはいいとはいえないけれど、誠実で明るい男だ。彼ならきっと大丈夫だ。僕の息子も僕の元妻も大切にしてくれるだろうし、僕が苦手だった彼女の母親ともうまくやっていけるだろう。再婚すると聞かされた時、嫉妬《しっと》するどころかそう思ってひどく安心したのを覚えている。

僕がいなくなることが一番よかったのだ。息子を大切に思っていなかったわけじゃない。けれど数えるほどしか抱いたことのないまま、まだ父親と息子という関係が育つ前の、ただの精子提供者と赤ん坊のまま別れた方が息子のためにも自分のためにもなると思ったのだ。決して捨てたわけじゃない。

「俺《おれ》って男っぽくないかな」

無意識に零《こぼ》れ出てしまった質問に、僕は自分でも驚いてしまった。そんなことを聞いてどうするというのだ。案の定元妻は「なにそれ」と笑いだす。

「女の子に言われちゃってさ。その子は褒めてるんだって言ったけど、どうしてもそうは思えなくて」

元妻が明るく笑ってくれたのが嬉《うれ》しくて、僕は自分でも意外なほど素直にそう言った。

「恋人？」

「そんなに深い付き合いじゃないんだけど」

彼女は目を細めて私を見てから、肩をすくめた。

「確かにあなたは何があっても怒ったりしないし、頼んだことは何でもやってくれて、ミイコも可愛がってくれたけど」

ミイコというのは飼っていた三毛猫のことだ。

「でも、いつも当事者じゃないって顔してたよ。そんなつもりじゃないのかもしれないけど、仕事も家のことも義務だから仕方なくって感じがした。ミイコの世話だって気が向いた時だけやって、それじゃ子供のお手伝いと同じよ」

結婚生活のほとんどは喧嘩《けんか》ばかりで、僕は彼女にいくら文句を言われても右から左に聞き流していた。きっと同じようなことを今までも僕は散々言われてきたのだろう。今頃になってやっと意味を理解しても、もう遅すぎる。

抱き上げた赤ん坊が、声をあげてぐずりだした。彼女はおむつをした赤ん坊のまるいお尻《しり》をぽんぽんと叩《たた》いてあやした。

「そろそろ帰らないと」

彼女は愛想笑いを浮かべ、そして赤ん坊をベビーカーに乗せると私の前からゆっくりと歩み去って行った。

僕はベンチから立ち上がることができず、前かがみになって膝《ひざ》の上に肘《ひじ》をつき、顔を覆って溜め息をついた。

去って行く元女房の背中が、千晶の背中と重なる。彼女もああやってベビーカーを押して散歩をしたのだろうか。

先日、ドーナッツショップで聞いた彼女の話はこうだった。

僕と同じように、千晶にも離婚した夫との間に子供が一人いたのだ。まさか彼女に子供がいるなんて僕は考えもしなかったので驚いてしまった。

僕も知っているように、今彼女は一人暮らしだ。では、赤ん坊は夫側が引き取ったのかというとそうではない。彼女の夫は仕事が忙しく、家には寝に帰って来るだけの状態だし、田舎に住む彼の両親も頼りにならない。しかし千晶が言うにはそれ以上に「彼は自分の子供なのに自分が育てようという発想が微塵《みじん》もない人」だったそうだ。赤ん坊は千晶側が引き取り、そして今は彼女の実家で、彼女の両親と姉が面倒をみているそうだ。

どうしてそういうことになったのか。僕が問うと彼女は長い沈黙の後やっと話してくれた。

千晶の離婚の直接の原因は、彼女の育児ノイローゼだった。

彼女は自分自身でも驚いたそうだ。子供の頃から動物が好きで、だからトリマーという職業に就いて、その仕事にも満足していた。なのに人間の子供、それも自分の子供に対してまさか母性本能が働かないとは思わなかったと彼女はつらそうに言った。

子供ができてしまったから結婚したのだそうだ。だから、その男性と本当に暮らしていけるのか、そして自分が本当に子供が欲しいのかどうか、よく考える暇がなかった。だから妊娠して結婚が決まっても不安で仕方なかった。だが、誰に相談しても「みんなそうよ。

この男性が運命の人だって確信して結婚する人は少ないし、赤ん坊だって産んでしまえば悩んでいる暇はなくなるわ」と言われ、彼女もそうかもしれないと自分に言い聞かせた。

けれど、赤ん坊が生まれて、彼女はおかしくなった。嬉しい気持ちがなかったわけではない。愛《いと》しいとか可愛いとか思わなかったわけではない。けれど、彼女の赤ん坊は手のかかる子で抱いていないと火のついたように泣き続けた。彼女は夜となく昼となく赤ん坊を立って抱き、ゆすっていなければならなかった。腕が痺《しび》れ、腰には激痛が走った。けれど赤ん坊は泣き止んでくれなかった。

誰でもそうだ。はじめのうちは赤ん坊のお母さんは寝る間もないもの。でも授乳期はそういうことに耐えられるように女の人の体はできているのだと姉に言われた。だから彼女は我慢をした。

夫は赤ん坊の泣き声がうるさくて眠れないと言って、会社に泊まり込むようになっていた。けれどそう何日も会社に泊まり込むというのはおかしいし、どこか別のところに泊まっているんじゃないかと思っても彼女は聞けなかった。千晶の夫は機嫌のいい時と悪い時の差が激しく、都合の悪いことを聞かれると感情的に怒鳴り散らす性格だったという。それに当時彼女は専業主婦で〝養ってもらっているのだから文句を言ってはいけない〟という意識が強かったそうだ。

彼女は疲れ果てていた。誰に相談しても「よくあること」だと言われるだけで、問題は何も解決しない。意識が朦朧《もうろう》とし、ぐらぐら揺れる頭で、普通の女性が皆乗り越えられることが何故《なぜ》自分にはできないのだろうと自分を責め続けた。

そしてある日、張り詰めていた糸が切れた。あいかわらず泣き続け、ミルクを与えても吐いてしまう赤ん坊を部屋に残し、彼女は家を出たのだ。自分でも何をしているのか分からず、まる二日街を彷徨《さまよ》い歩いた後、とにかくどこかで眠りたくて安いビジネスホテルに入って部屋を借りた。様子がおかしいと思った従業員が警察に通報し、彼女は保護された。

赤ん坊はまる二日半放っておかれ、脱水症状を起こしていたが命は取り留めた。彼女は泣くばかりでうまく事情を説明することもできず、そのまま精神科に少しの間入院した。

やがて彼女は落ちつきを取り戻したが、子育てをする自信をなくしていた。母親と姉は千晶が追い詰められていたことを理解してくれ、しばらくの間赤ん坊を預かってくれることになった。けれど千晶は、自分の実家にいる赤ん坊に会いに行くのが恐くてたまらず、いくら医者にもう大丈夫だと言われても勇気が出なかった。

彼女の夫は同情するどころか、露骨にしらけていた。十分な生活費を稼いできて、休みの日にはおむつも替えて赤ん坊を風呂《ふろ》にも入れてやっていたのに、どうしてノイローゼなんかになるんだと言った。トリマーなんかやっているから、母性本能の強い女だと思っていたのにガッカリしたとも言った。

彼女は何も言い返せず、そして離婚を承諾した。子供の養育費はきちんと振り込まれているが、夫は子供に会いには来ない。再婚でもしたら絶対連絡するんだぞ、稼ぐ男がいるのに俺が金を払う義務はないからなとまで言った。

彼女の姉は、一年前に自分の赤ん坊を産んでおり、一人も二人も変わらないからと言って、母親と一緒に育ててくれているそうだ。

そして、この前の電話はその姉からだった。もうすぐ一歳になる千晶の娘は、最近姉のことを「ママ」と言い、姉の夫のことを「パパ」と言うようになったそうだ。

最初は、千晶の気持ちが落ちついたら実家に帰って一緒に暮らせばいい、それまでの暫定的なことだと思って赤ん坊を育ててきたけれど、ママと呼ばれることが最近つらい。帰って来るつもりなら、これ以上赤ん坊が大きくなる前に戻って来てほしいし、それが無理ならば正式に養子にしたいと姉が言ってきたというのだ。

千晶はまだ決心がついていなかった。

僕には決心がつかない彼女の気持ちが少しは分かった。両親と姉一家が住んでいる実家とその周辺社会は、きっと子供が育つには最適なコミューンになっているのだろう。母性本能のない自分など去って、そこで育った方が子供は幸せなのではないかとそれは思うだろう。

けれど、やはり自分が産んだ子供なのだ。今はもうストレスの原因である冷酷な夫がいなくなったのだし、両親と姉夫婦に助けてもらえばもう一度子育てができるのではないか、そういう希望も彼女にはあった。

もう一度だけ子供の顔を見に行って、それで決心してくると言っていた。

そして千晶はこう付け加えた。

こんな重い事情を抱えた女と付き合っていく気は、あなたにはないでしょうと。

僕は何も言えなかった。そんなことはない、とはどうしても言えなかったのだ。


僕は蕎麦屋《そばや》のテーブル席に座って、ビールを飲んでいる。もちろんそこは、もう二度と行かないから安心して通ってくれと千晶に言ったあの蕎麦屋だ。

もう五日続けて通っているが、まだ彼女は現れない。僕との思い出のある店にはもう足を踏み入れない気なのかもしれない。

彼女は決心がついただろうか。自分の娘の顔を見て、やはり手放せないと思っただろうか。それとも自分の姉になつく娘を見て、このままにしておこうという気になったかもしれない。

僕は誰もいない正面の椅子《いす》に、千晶の姿を思い浮かべる。無口で、笑う時もほんの少ししか微笑《ほほえ》まなかった。それを奥ゆかしいと感じていたが、実は暗い事情を抱えているが故のことだったのかもしれない。少女の頃の彼女は、バレーボール部のキャプテンだったというぐらいだから、本来は活発で明るい人なのかもしれない。

彼女の部屋の生活感のなさも、あそこを仮住まいと思っていたからなのだろう。僕への淡白な接し方も、もともと深い付き合いをする気などなく、行きずりに近い関係を望んでいただけなのかもしれない。

彼女が好きだった茸《きのこ》の天ぷらをつまんでビールを飲み、僕は色々なケースについて考えた。

もしも彼女が子供を引き取ることにしたら、僕はどうするだろう。その逆に子供を姉に託し、一人きりでこの街に戻って来たらどうしよう。

彼女が言った「こんな重い事情を抱えた女と付き合っていく気は、あなたにはないでしょう」という台詞《せりふ》を思い出す。確かにその通りなのだけれど、重い事情を抱えているのは僕の方でも同じだった。

僕は彼女に自分のことを話せるだろうか。今まで子供がいることすらも彼女に打ち明けなかったのは、同じ理由だったのだ。複雑な胸の内を打ち明けて、それを受け止めてもらえなかったらと恐怖していたのだ。

僕はコップの中のビールを飲み干し、一人で首を振る。

彼女の夫と僕は、どれほどの違いがあるだろう。離婚する時、子供を引き取るという発想を微塵《みじん》も持たなかったのは僕も同じだった。打ち明けたらどう思われるだろう。

そこで蕎麦屋の扉が開き、僕はびくりと震えて顔を上げた。いらっしゃい、とおばさんの元気な声。そこにはサラリーマンの二人連れが立っていた。おばさんが奥の席を指し示す。僕は溜《た》め息をついてコップにビールを注ぐ。

千晶は三日ほどペットショップを休んだそうだ。彼女の部屋に電話をする勇気が湧《わ》かなかった僕は、今日こっそり店を覗《のぞ》きに行ったのだ。すると店の他の女の子に見つかってしまい、千晶が休みを取っていることを聞かされたのだ。明日からは出て来ますから、とその子は無邪気に教えてくれた。

僕は彼女に会って何を言う気なのだろうとぼんやり考えた。僕にはまだ何も決心がついていなかった。ただ顔が見たい。それは確かだった。

あの扉が開いて千晶が入って来て、僕を見つけて驚いた顔をし、そして目の前の椅子に座ったとしたら。

今僕はほんの少し酔っている。

ついい勢いで、一緒に暮らそうなどと言ってしまったらどうしようと思った。千晶と千晶の娘と僕の三人で暮らしてみようと言ってしまったらどうしよう。

僕は自分の子供も、自分の子供を産んだ女もちゃんと愛せなかった人間なのに、そんな無責任なことを言っていいわけがなかった。

それに、僕が千晶と別れたくないと思うのは、このまま別れてしまったら一生大きな虚《むな》しさを抱えたままかもしれないと思うからだ。彼女のためを思ってではなく、自分が虚しさから逃れるためだけの勝手な考えなのだ。僕はまた逃げだしたくなるかもしれないのに。千晶だってまたノイローゼになるかもしれないのに。

ただすれ違っただけの他人として、別れた方がいい。この店で会って、いい顔だけ見せて、悩み事は口にしない。それが僕達のルールだったはずだ。それが年齢だけ重ねて、いつまでも子供なままの僕の最低限の礼儀だったはずなのに。

僕は手を挙げてビールをもう一本頼んだ。日本酒を頼まないのは、千晶がそこに座ったら頼もうと思っているからだ。

そういえば、あの白いチンチラはどうする気なのだろうと僕は思った。もし彼女が実家に帰るならば、動物嫌いの母親がいる家には連れて帰れないはずだ。せめて僕に引き取らせてもらおうか。

いや、それよりは猫と一緒に彼女も彼女の娘も引き取ればいい。いや、引き取るなんておこがましい。頭を下げて同居させてもらうのだ。

いやしかし、それは僕の勝手な願いでしかない。彼女の幸せを思えば、僕は消えるべきなのだ。

酔いが回ってくるにつれ、動物園の熊のように思考が同じ所を行ったり来たりしている。

蕎麦屋の扉がカラカラと音を立てて開いた。いらっしゃい、とおばさんの元気な声がした。

秋茄子

夫の両親と同居を始めて三ヵ月がたった。

といっても、二世帯住宅の上と下とで別れて暮らしているので正確には同居とはいえないかもしれない。

場所は山手線《やまのて》の駅から歩いて十分の所だ。郊外から都心に引っ越して来て、通勤に割いていた時間が大幅に短縮されて楽になった。部屋の広さは以前のマンションと大して変わらないが、何しろ築二十年の中古マンションではなく新築の一軒家なのだ。ゆとりが違う。窓や風呂《ふろ》場やベランダが明るくて広々している。建築費は全部夫の父親が出してくれて、私達は郊外のマンションに払っていた家賃と同額を親世帯に払っている。そしていずれ、この家と土地は一人っ子の夫のものになるのだ。その上、夫の両親は私達の生活にまったくといっていいほど干渉してこない。

「今日はあんたの奢《おご》りだわね」

ものすごく嫌《いや》な顔をして、友人のリカはグラスに残ったカクテルを飲み干した。

「どうしてよ」

「そんないい思いをして、世間様に申し訳ないと思わないの？　少しは幸せ分けてよ」

「ラッキーだとは思うけど、そんなに幸せってわけじゃないわよ」

「あんたのどこが幸せじゃないって？　仕事は順調、旦那《だんな》様は優しくてハンサム、舅《しゅうと》と姑《しゅうとめ》は若夫婦に理解があって、将来は山手線の内側の一軒家がただで手に入る。あと何がほしいか言ってごらん」

子供、と思ったけれど、これ以上言うと厭味《いやみ》だろうから黙っていた。

「でも、仕事が順調なのは光子の実力だし、あんな素敵な旦那様に見初められたのも光子が魅力あるからだもんね。ま、僻《ひが》んでると思って許してよ」

肩をすくめてリカは笑った。その横顔を見ながら、私は本当に恵まれているなと改めて思った。その上信頼できるいい友人まで持っているのだから。

「あ、そうだ。連載の一回目読んだよ。すごく面白かった」

「ほんと?」

「うん。光子らしくてよかった。今のコラムって辛辣《しんらつ》すぎるのが多いじゃない。光子のは鋭いけど意地悪じゃないところが好きだな」

私は照れてグラスのお酒に口をつけた。

私の仕事はフリーライターで、以前いた編集プロダクションから独立して五年になる。誰のインタビューでもどんなあやしい企画本でも、来る仕事を何でも受けてがむしゃらにやってきた。無我夢中になっているうちにだんだん仕事が選べるようになってきて、今は主に若い女性向けの雑誌でファッションやインテリア、それを通して女性の生き方のようなエッセイを署名で書けるようになった。そしてついこの間、大手の総合誌でコラムの連載をもらうことができたのだ。リカは最初にいた編集プロダクションの同僚で、彼女は今その会社で一番の古株になって活躍している。

夫と知り合ったのは、私が会社を辞めフリーになってすぐだった。ある女優が新しく開発された東南アジアのリゾート地をレポートする、という雑誌の企画で私がその女優のゴーストライターをした時、同行した広告代理店の担当者が夫だったのだ。

企画は女優の休養も兼ねていたので、比較的ゆっくりとスケジュールが組まれていた。スタッフに嫌な感じの人はおらず、わがままなその女優を除けば大勢で和気あいあいと楽しい旅になった。

夢のように美しい南国のリゾート地で二十代の男女が大勢で仕事をすれば、ロマンスが生まれないわけがない。私達の他にも二組カップルができたが、後に結婚までしたのは私達だけだった。

私は最初、整った顔とがっちりと大きい体の彼に警戒心を抱いた。愛想が良すぎるところが、ちょっと胡散臭《うさんくさ》いとすら思っていた。容姿も言葉遣いも仕事ぶりも非の打ちどころがない人だっただけに、相当女性と遊んでいる人なのではないかと思った。今思えばそれは、美人でも可愛《かわい》いというタイプでもない私の僻みにも似た感情だった。

その証拠に、私は旅を続けていくうちにはっきりと彼に魅《ひ》かれていくのが分かった。彼の屈託のない大きな笑い声に隠されたきめ細かい気配りと、意外に照れ屋で繊細なところに私は恋をした。そして本当に信じられないことだったが、彼も数人いた女性スタッフの中で私を一番気に入ってくれたのだ。

帰国する前日の夜、彼に誘われて最後の酒宴の席をこっそり抜け出した。彼の部屋で慌ただしく抱かれながら、私は嬉《うれ》しい気持ちよりも何だかとても悲しくなってしまったのを覚えている。旅先での恋は日常に戻ればすぐ終わるものだ。これで彼の恋人になれるなんて期待してはいけないと私は自分に言い聞かせた。

けれど東京に戻ると、彼は毎日のように電話をしてくれた。お互い仕事が忙しかったので何とか時間をやり繰りし、短い時間でも彼は会いたがってくれた。

私は男の人からそんなふうに愛されたことはかつて一度もなかった。あまりに幸せで恐いぐらいだった。プロポーズされた時は、「話がうますぎる」とさえ思ったぐらいだ。

彼は結婚しても仕事をしていいと言ってくれた。していいどころか、僕はただ綺麗《きれい》なだけでお人形みたいにすましている女は嫌いなんだと言った。仕事をしている、君のような魅力のある人が僕は好きだと言ってくれた。

だから結婚してからも、私は仕事に打ち込んだ。忙しい時はほとんど家事らしい家事ができなかった私に、夫はまったく嫌な顔をしなかった。子供の頃から家事を手伝っていたという彼は料理も掃除も手際がよく、自分のことは自分でやって当たり前だと常々言っていた。どちらかというと、夫は私がおいしい料理を作ることよりも、私の仕事が世間に認められることの方を喜んだ。

　遊び好きで陽気な彼は、忙しい仕事の合間を縫って色々な所に連れて行ってくれた。年に二回の海外旅行、テニスにゴルフ、彼の仲間が主催する大きなパーティー。そういう場所で、彼は私を自慢の奥さんだと照れもせず誰にでも紹介してくれた。そういう時私は、まるでファーストレディーにでもなったような気持ちを味わうことができた。私は彼と結婚することによって、自分に自信を持つことと、伴侶《はんりょ》を誇りに思うという素晴らしい人生の喜びを得ることができたのだ。その気持ちは四年たった今でもまったく変わらない。

「そういえば、光子のところって子供つくらないの？」

　突然リカに言われて、私はお酒を飲む手を止めた。

「うーん、そろそろって思うんだけど」

「まだ若いし仕事も上向きだし、もう少し先でもいいか。赤ちゃんできたら、もう夜遊びもできないもんね」

「そうね」

「でも、旦那さんのご両親と住んでるんならいつできちゃっても安心よね。可愛い孫だもん、喜んで面倒みてくれるんじゃない？」

　私は曖昧《あいまい》に笑ってごまかした。

　何もかもリカの言うとおりだ。私はそういう思惑をもって、夫の両親と二世帯住宅に住むことを同意したのだ。打算といえば打算だ。だからそれが空振りしたからといって、がっかりするのはお門違いだと自分でも分かっている。

話し込んでいるうちに終電を逃してしまい、私はタクシーで家に戻った。以前は都心から郊外のマンションまで深夜タクシーで帰ると二万円近くかかったのに、今の家までは二千円ほどで着いてしまう。

夫の両親が住む一階はもう電気が消えていた。私は靴音を響かせないようにして外の階段を上がった。完全に一階と二階で家が分かれている作りになっているので、二階は二階で玄関があるのだ。

夫はまだ帰って来ていなかった。もともと仕事が終わって真っ直《す》ぐ帰って来るタイプの人ではなかったけれど、都心に越して来てからますます帰宅時間が遅くなっている。

シャワーを浴びたかったけれど、もう時間は午前一時を過ぎている。下で眠っている両親のことを考えるとやはり明日の朝にしようと思った。顔だけ洗って歯を磨き、パジャマに着替えたところで玄関の鍵《かぎ》が開く音がした。

「光子。寿司《すし》買って来た、寿司」

夫が明るい声と共に、廊下をばたばたと歩いて来る音がした。

「お帰りなさい」

「ただいま。築地《つきじ》で寿司買って来たんだ。食おうよ」

酔っぱらった赤い顔で折り詰めを振り回すネクタイ姿の夫は、テレビコントのサラリーマンみたいでかなり可笑《おか》しかったが、私はその姿を笑う前に口の前で人差し指を立てた。

「もう少し小さい声で話して。廊下もばたばた走らない」

「なんだよ。小学校の先生みたいなこと言うなよ」

「お義母《かあ》さん達、もう寝てるんだから」

そう言うと夫は急にしらけた顔になった。

「そんなに気にすることないよ。新築なんだから防音がしっかりしてるさ」

「でも寝てる人には気になるでしょ」

「はいはい。シャワーを浴びて来るからお茶淹《い》れといて。寿司食って寝よう」

ここでシャワーも禁止したら、さすがの彼も怒るだろう。だから私は言えなかった。鼻歌を歌いながら服を脱ぎバスルームに入って行く夫の背中を見ながら、私は黙ってお茶を淹れた。勢い良くシャワーの音がする。

折り詰めを開け、お皿や箸《はし》の用意をしながら私は溜《た》め息をついた。

私が気を遣いすぎなのかもしれない。早寝早起きの両親と、お昼前に起きて午後から仕事をする私達とでは生活の時間帯が完全にずれていて、きっと夜、私達の足音やお風呂の音が耳についているはずだ。けれど私は夫の両親に一度も文句を言われたことがない。彼らはそんなことは気になっていないのかもしれないし、息子夫婦を二階に住まわせると決めたからには、ある程度の騒音は仕方ないと最初から覚悟があったのかもしれない。

でも、私は気になって仕方ない。

何故《なぜ》ならば夫の両親と私は、越して来る前も越して来た後もまったくといっていいほど交流がないのだ。

夫の両親に初めて会ったのは、結婚式の日だった。なんとそれまで私は彼らに会ったことがなかったのだ。

結婚することを決めてから、もちろん夫は私の両親に挨拶《あいさつ》に来た。田舎に住む私の両親は、明るく礼儀正しい夫をとても気に入った。では次は私が彼の両親に挨拶を、と普通だったらなるはずだ。ところが夫を通じて彼らが私に伝えてきた伝言は「面倒だから別にいい」という、驚くべき台詞《せりふ》だったのだ。

変だとは思った。でもそれならそれで楽でいいとも思った。夫は自分の両親があまり好きではないようで、結婚するから仕方なく親と連絡をとっているようだった。マザコンよりはよっぽどマシだし、私も彼と結婚できるということだけで舞い上がっていたので、深く考えなかった、というか、深く考えるのが恐かったのだ。

私も彼も結納などの古臭い手続きは最初から踏む気はなく、それは私の親も納得してくれたし、彼の両親は当然「どうでもいい」という答えだった。都心の教会で仕事仲間や古い友人を呼んで式を挙げた。その時私は初めて夫の両親に会ったのだ。

私の舅《しゆうと》と姑《しゆうとめ》になる人はどんな人かと思ったら、拍子抜けするほど普通のおじさんとおばさんだった。お義父《とう》さんは背が高くがっちりした人で、礼服が似合っていた。お義母さんもすらりとしていて、若い頃はきっと美人だったろう整った顔だちだったが、実際の年齢よりちょっと老けて見えた。田舎に住む私の両親に比べたら彼の両親は上品で、特に目立って変なところはなかったし、二人とも普通に礼儀正しくおとなしかった。

夫の父親は、私にお祝いの言葉をくれた。これからよろしくお願いします、とお互いに頭を下げた。その後ろで夫の母親はただ静かに微笑《ほほえ》んでいた。でも後で気がついたのだが、彼女はその日微笑んでいるだけで、とうとう一言も私に言葉を発しなかった。

そして結婚式の日から四年、私は一度も彼らに会わなかったし、電話で話したこともなかった。正月休みは毎年夫が海外旅行に行きたがったし、御中元も御歳暮もそんな習慣はくだらないと夫が言い、私もそれには賛成だったので鵜《う》呑《の》みにして贈らなかった。私はたまに一人で数日田舎に帰ったりしたけれど、夫は自分の実家に寄りつく様子はなかった。たまにはお義父さんとお義母さんの所に顔を出した方がいいんじゃないかと夫に持ちかけても、時々電話して様子を聞いてるから光子は気にしなくていいよと言われた。それならそれで楽でいいし、仕事も遊びも忙しかったので、私はそのままにしておいたのだ。

そんな状態だったので、突然彼らが二世帯住宅を建てるから一緒に住まないかと言いだした時は正直言って何事かと思った。

いったいどういう心境の変化があって、あるいは何か深い事情があってのことかと夫に聞くと、彼は曖昧に言葉を濁すだけだった。

そしてもっと驚いたことは、夫が同居を嫌《いや》がらず、光子さえよければ彼らの建てる二世帯住宅に移り住みたいと言いだしたことだった。

断ることもできた。私が嫌がればきっと夫は無理にとは言わなかったと思う。何故ならば、その話を持って来た時の夫の顔が、ご機嫌を窺《うかが》うような、少しでもこちらが不機嫌な顔をしたら泣きだしてしまいそうな表情だったからだ。いつも自信たっぷりの彼が、初めて私に見せた卑屈な表情だった。

私は深く事情は聞かず、二世帯住宅に移り住むことに同意した。私の方にも少し生活を変えてみたいという希望があったからだ。いつまでも浮わついた暮らしをしていないで、そろそろ子供をつくって落ちつきたかった。それには、このまま二人だけで暮らしていたら駄目だと思ったのだ。

そして三ヵ月前、私達夫婦はここに越して来た。面倒なことは色々あるかもしれなくても、家庭らしい雰囲気が味わえるに違いないと思いつつ。

ところが、私達は越して来てから一度も両親と一緒に食事すらしていない。お茶も飲んでいない。ただ礼儀正しく、よろしくお願いしますと挨拶しただけだった。

いくらなんでも異常だと思う。これが他人ならば別にいい。ご近所付き合いが嫌いな人も世の中にはいる。けれど彼らは夫の血のつながった両親で、私の義理の父と母なのだ。住む家も建ててもらって、家賃は格安、そのうち土地ごと家が手に入る。そんなに息子夫婦にいい思いをさせているなら、少しぐらい意地悪してくれた方がよっぽど分かりやすい。

夫にそう話してみても、別に何も気にすることはない、親は親、僕達は僕達のペースで生活すればいいだけのこと、悩んでいる私の方がおかしいと言う。彼は実の息子だからそれでいいかもしれないけれど、私は正直いって得体の知れない居心地の悪さを感じているのだ。

シャワーを浴びて出て来た夫と、私はお寿司を食べた。一日仕事をして来て疲れているはずなのに、夫は今日あったことを面白おかしく私に話して聞かせた。

いつも彼のバイタリティーには本当に驚かされる。睡眠時間は平均したら四時間ほどしかないだろう。なのに、へばっている彼を私は見たことがない。休日も家で休んでいることは皆無で、私や友人を誘って遊びに行きたがる。

夫の話は面白かったが、私はもう眠たくて眠たくて仕方なかった。話のきりがいいところで私は立ち上がり、もう寝ましょうと言った。

一緒に歯を磨き、ベッドにもぐり込む。目をつむったとたん睡魔が私を襲った。なのに夫が体に触れてきて、私は眠りの底から引きずり出される。

「ごめんなさい。今日はもう眠いの」

なるべく優しく断っても、夫は手を引こうとはしなかった。

「お願いだからやめて」

「お願いだからさせて」

クスクス笑って夫は言う。

「シャワー浴びてないの。だからイヤ」

思わず強い声が出てしまった。私にのしかかっていた夫がきょとんとこちらを見下ろしている。

「なんで？」

「なんでって……もう遅かったから」

「もしかして、下に気を遣って？」

私はしぶしぶ頷《うなず》いた。夫が大きく息を吐いた。

何か言うかと思った。けれど彼は何も言わず、私の頬《ほお》に軽くキスをすると毛布をかぶった。背中を向けて体を丸め、拗《す》ねたような恰好《かっこう》で彼は眠ってしまった。

翌日、私は家で書きものをしていた。

最近は外に取材に行くような仕事はわりと減って、こうしてじっくり家で調べ物をしたり文章を書いたりする仕事が増えてきた。

出来上がった原稿をファックスで送ってしまうと、ぽっかりと時間が空いた。まだ午後の一時だった。私はソファに引っ繰り返り天井を見上げた。柔らかい日差しが大きな窓から差し込んでいる。仕事があがった達成感もあってとても気持ちがよかった。

夫の帰りは今日も深夜になるらしい。空いた時間をどうやって過ごそうかと私はぼんやり考えた。次の仕事をするという手もあるが、最近仕事も遊びも慌ただしかったので、少し一人でのんびりしたい。買い出しに行って、何か好きなものでも作って食べようかなと思った。

夫は家で食事をすることがほとんどない。朝食は摂《と》らないし、夕食の時間に家に戻ることもまずない。彼は外食が好きで、休日も私を誘って外で食事をしたがるのだ。

私にはそれが、つらい時がある。私は普通の白いご飯に焼き魚とお漬物という食事が一番好きなのだ。本当はお洒落《しゃれ》してイタリア料理屋でパスタを食べるより、夫と二人の休日は家でのんびりそういうご飯を食べたいのに、彼はそんな私の希望を所帯じみていると言って笑い飛ばすのだ。

私は冷蔵庫の中身を調べつつ、タッパーに作った小さなぬか床を取り出した。本格的な漬物はできないが、実家からぬかを分けてもらってこうしてささやかに野菜を漬けたりしている。夫に知られたらまた鼻で笑われそうで、冷蔵庫の奥の方にしまってあるのだ。

保存容器を開けてこの前漬けた茄子《なす》を出してみた。ちょっと切って口に入れてみるといい具合に漬かっていて、我ながらおいしくできたと思った。

下に持って行ってみようか。ふと、そんな考えが頭に浮かんだ。キッチンのシンクの前に立ったまま私は唇を尖《とが》らせる。

ここに越して来てから私は何度かお菓子やお惣菜《そうざい》を作って、階下に住む母親のところに持って行ったことがある。そういうことをきっかけに、少しずつ親しくなりたかったのだ。

ところが、母親はすうっと玄関の扉を開けると、セールスマンにでも言うように「何か御用？」と私に聞いた。マドレーヌ焼いたんですけど、とか、煮物を作りすぎちゃってと言って、私は持って来た物を差し出す。すると彼女はほとんど棒読みで「まあ、どうもありがとう」と言ってそれを受け取り、またすうっとドアを閉めてしまうのだ。何度やっても同じだった。一度作戦を変えて「二階にいらっしゃいませんか」と誘ったこともあった。すると「今ちょっと休んでいるところだったから」とやはり門前払いをくらった。

迷惑がられているのかもしれない。私のことが嫌いなのかもしれない。とにかくこれだけ明確に拒絶されたのだから、もう訪ねない方がいい。そう思ってはいるのだが、どうしてもお尻《しり》のあたりがむずむずする。

私は形のいい茄子をいくつか洗って丁寧にアルミホイルに包んだ。来るな、と言われるまで持って行ってみようと私は思った。こちらから背中を向けてしまったら、いつまでたっても進展はないのだから。

階段を下りながら、秋茄子というのはおいしいから嫁に食べさせないのか、体に悪いから食べさせないのか、どちらだったかなと思った。

うちの嫁扱いされるのも困るけれど、まったく嫁扱いされないのも淋《さび》しいものだなと私は息を吐いた。


一階の玄関の前に立ち私はチャイムを押した。いつもそうだが、一回押したぐらいでは彼女は絶対出て来ない。私は間を置いて、二回、三回とチャイムを押してみる。すると、どちらさま？　という母親のくぐもった声がインターフォンから聞こえてきた。

「光子です。今ちょっとよろしいですか？」

なるべく明るい声を出した。私は男性にも出したことのない、媚《こ》びた自分の声に少し自己嫌悪を感じた。

今開けますね、と返事が聞こえてから、いつもより間があった。なかなか開かれない扉の前で、これは本当に嫌われているのかもしれないと思い始めた時、玄関のドアが静かに開き、すうっと幽霊のように母親が顔を出した。

普段からいいとはいえない顔色がいつもよりもっと悪く見えた。いつもきちんと結ってある髪も今日は少し乱れている。

「お義母《かあ》さん、どうかされました？」

　思わず私はそう聞いた。

「……ええ、いえ」

　曖昧《あいまい》に首を傾げて、母親は視線をそらす。

「どこかお体の具合が悪いとか？」

「何でもないのよ。ちょっと休んでたものだから」

　ごまかすように言う母親が無意識に下を向いた時、私も一緒に視線を落とした。サンダルを突っかけた彼女の足、その右の足首に大きな湿布が貼《は》られていることに気がついた。

「足、どうしたんです？」

「ちょっとね、ひねったの。でも何でもないから」

「捻挫《ねんざ》ですか？　いつ？　どこで？」

「いいのよ。そんなに痛くないから。それより何かしら」

　私は持って来た物を慌てて差し出した。

「あの、これ、私が漬けたんですけど、沢山できちゃったので持って来ました」

「まあ、いつもありがとう。ではね」

　彼女はそそくさとドアを閉めようとした。でも私はその瞬間、彼女がものすごく痛そうな顔をしたのを見逃さなかった。

「お義母さん」

図々《ずうずう》しいと思われてもいい。私は強引に扉を開けて母親に近づいた。

「足、痛いんじゃないですか？　私今日は暇なので何かお手伝いしますけど？」

母親はそれでも「いいのよ」と困ったように言った。

「少しは私にもお嫁さんらしいことをさせて下さい」

きっぱり言うと、母親はびっくりしたように目を見開き、そして弱々しく微笑《ほほえ》んだ。


話を聞くと、昨日の夜風呂《ふろ》場ですべって足首をひねったそうで、かなり痛みがあるのにまだ医者にも行っていないということだった。

うちの車は今日は夫が乗って行ってしまったので、タクシーを呼んで彼女を医者に連れて行った。すぐにレントゲンを撮ってもらったら、骨には異常がなく単なる捻挫だと分かり、痛み止めと湿布薬を沢山もらって帰って来た。

これでは家事は大変だろうと思ったので、私は夕飯やお風呂の準備をかって出た。遠慮しているのか本当に嫌なのか母親はしなくていいと言ったが、私は強引に親世帯に上がり込んだ。

よくよく聞くと、彼女は朝起きてからまだ何も食べていないそうだ。私はとりあえず残っていたご飯でおじやを作り、自分が持ってきた茄子も添えて母親のところに持って行った。

「光子さんは器用なのね。こんなものをぱっと作れるなんて」

ソファに腰掛け、遠慮がちに私の作ったおじやを口に運びながら彼女は言った。

「そんな。適当ですよ」

「おいしいわ。どうもありがとう。足もだいぶ楽になったし本当に助かりました」

勝手に探して勝手に淹《い》れたお茶を差し出しながら私は頭を掻《か》いた。上品なのはいいけれど、この他人行儀な台詞《せりふ》は何なのだろう。それとも本当に他人だと思っているのだろうか。

「あの、いつも夜、シャワーの音とかうるさくないですか？」

私が聞くと、母親は小さく微笑んだ。

「若い人は、私みたいなおばさんと生活時間が違いますからね」

その返答の意味を私は下を向いて考えた。それはつまり「うるさい」ということだろうか。うるさいならうるさいと、ストレートに言ってくれればいいのに。

天気の話や駅前に出来た新しいマーケットのことなんかをぽつぽつと話しながら、私達はおじやを食べた。話は途切れがちで、私はその度にそっと部屋の中を見回した。

ひとつの家の上と下に三ヵ月前から住んでいるにもかかわらず、私は下の親世帯に足を踏み入れたのは初めてだった。間取りはわりと似ているようだけれど、一階のリビングには高そうなペルシャ絨毯《じゅうたん》に革張りのソファ、ずっしりとしたワインボードの上には何焼きなのか知らないけれど、高そうな壺《つぼ》が飾ってある。高級感に溢《あふ》れているともいえるけれど、何だか社長の応接室という感じでお世辞にも寛《くつろ》げるとは言いがたい。きっと父親が全てインテリアを揃《そろ》えたのだろう。

キッチンはさすがに、女の人らしい赤いヤカンや形の可愛《かわい》い時計なんかが置いてあった。けれど、まるでショールームのようにきちんと片づけられている。

「あの、お夕飯とお風呂の用意の他に何かしますか？　洗濯でも掃除でもしますよ。今ちょっと仕事が一段落したから暇なんです。怪我《けが》した時ぐらい嫁に押しつけてゆっくりして下さい」

すぐにしんとなってしまう空気をなんとかしようと、私は明るく言ってみた。

「もういいのよ。十分して頂きました」

大真面目《おおまじめ》にそう返事をされると、もう何も言えなくて私は「はあ」と首を垂れた。

「お夕飯もお風呂もいいの。たぶん今日も帰って来ないから」

「え？」

唐突にそんなことを言われ、私は意味が分からず母親の顔を見た。

「主人はだいたい週末にしか帰って来ないのよ。だからいいの。お掃除も業者に頼んでるし、私だけなら洗濯物もそんなに出ないし」

他人事《ひとごと》のように、彼女はふっくらと目を細めて言った。

「そ、そうなんですか」

「ええ、だから大丈夫よ。気にしないでね」

何が大丈夫なのか、何を気にしないでねなのかよく分からなかったが、私はぎくしゃくと頷《うなず》いた。

今日も帰って来ない、と母親は言った。ということは捻挫した昨夜も彼女は一人だったのだ。

「あの」

失礼なのかもしれなかった。けれど口が止まらなかった。

「怪我したとか熱が出たとか、淋しいとか人恋しいとか思ったら、何時でもいいから二階に電話して下さい。私飛んで行きますから」

私のその言葉に、母親はただ「まあ、ありがとう」と返事をした。それはいつもの棒読みの社交辞令だった。

その夜遅く夫が帰って来ると、私はお帰りなさいも言わずに母親が捻挫をしたことを告げた。

彼は眉間《みけん》に皺《しわ》を寄せて私に母の様子を細かく尋ねた。そんなに心配なら明日出掛ける前に様子を見に行ったらと言うと、彼はそうしてみると呟《つぶや》いた。

「痛みが引くのに二、三日はかかるってお医者さんが言ってたから、しばらくまめに様子を見に行ってみるね」

「そうしてくれると助かるけど、仕事は平気なのか？」

「そんなの何でもないわ。今別に忙しくないし」

「すまない。君に迷惑かけて」

夫はぺこんと頭を下げた。彼まで何だか他人行儀なので私はカチンとくる。礼儀正しいのはいいけれど、ここまでされると厭味《いやみ》な感じがする。よほど私を他人だと思っているようだ。

「ねえ」

言いにくかったけれど、黙っているのはもっと落ちつかないので私はお義母さんに聞いたことを口にしてみた。

「お義父《とう》さんって、いつも週末しか帰って来ないの？」

ネクタイを解《ほど》く夫の手が止まった。こちらに背中を向けているので表情は分からない。

「いつもってことはないよ。きっと出張なんだろ。最近は偉くなって減ったみたいだけど、僕が子供の時は月の半分以上は出張だったから」

笑いながら彼は言った。明るいのはいつものことだけれど、何もケラケラ笑って言うことではないと思う。何となくわざとらしい感じがした。

「てことは、下にお義母《かあ》さん一人だけってことも多いのね」

「子供じゃないんだから平気だよ」

「昨日、怪我した時も一人だったのよ」

つい冷たい声が出てしまった。振り返った彼の目が私を睨《にら》んでいる。そんな恐い顔をされたことはないので私はどきりとした。

「光子は考えすぎなんだ。気を遣いすぎ」

一転して彼は笑い、優しい声で言った。

「意外と古い人だったんだな。そんな、いいお嫁さんになろうって気張らなくてもいいんだよ。お袋達のことは放っておけばいいんだから」

そう言って鼻歌まじりに着ているものをどんどん脱ぎ、シャワーを浴びに行こうとする夫を私は止めた。

「待ってどうしてそうなの？　私には分からない」

「何が？」

明るく聞かれて、私は首を振った。

「怪我したり病気の時は誰でも弱気になるじゃない。優しくしてほしいじゃない」

きょとんとして夫は私の顔を見ている。

「だいたい何のために私達とお義母さん達は同居したの？　いざという時に助け合うためなんじゃなかったの？　こんなふうに知らん顔で暮らすんなら、離れて住んでた方がよっぽど気楽だったわよ」

感情的になってはいけない。そう思っても今まで何も言わずに溜《た》めていたものが、ひとつ開いた小さな穴から堰《せき》を切って出てくるのを感じた。

「私、下の家に入ったのは今日初めてなのよ。越して来て三ヵ月もたつのに。今日のことがなかったらまだ先だったかもしれないのよ。なんかこういうのどっか変じゃない？」

アンダーシャツにトランクス姿の夫は、耳を掻《か》いて私を不思議そうに見ている。

「何で突然そんなこと言いだすわけ？」

「突然じゃないわ」

「何が不満なのか全然分からないし、そんな議論する気もないよ。ここに越して来て仕事も遊びも便利になった。僕達は相変わらず仲がいいし、それで全部オーケーじゃない。何度も言うようだけど、僕の親のことで君が悩むことはない。放っておけばいい」

そう言い放った彼は、私を振り切るように後ろを向いた。その背中に私は思わず言った。

「じゃあ私の親に何かあった時も、あなたは放っておく気なのね？」

彼は行きかけた足を止めた。

「そんなことを言いたいんじゃないの。違うのよ。もっと家庭らしくしたいのよ。子供ができても、あなたはそのままなの？　お義母さん達も私をこのまま無視し続けるの？」

ゆっくり彼は私の方を振り返った。

「子供？」

彼の口がいやな感じに歪《ゆが》んでいる。

「僕はつくる気ないよ」

彼の笑った顔。私はぽかんと見上げる。

「誰が育てるのさ。僕は仕事があるし、君にもあるだろう」

「それは二人で……」

「金もかかるし、旅行にも遊びにも行けなくなる。犬や猫なら預けておけばいいけどさ。そうだ、何かペットでも飼えばいいよ」

すぱっと明るく彼は言った。そして私の肩に手を置いて、額《ひたい》に軽く口づけまでした。楽しげにシャワーに向かう彼の背中を、私は呆然《ぼうぜん》と見送った。

それから数週間。私は夫と夫の両親のことは極力考えないようにして過ごした。ちょうど臨時の仕事が入ったので私はそれに集中した。

考えたくなかった。考えるのが恐かった。それは結婚する前、彼と彼の両親にふと違和感を感じた時と同じだった。直視してちゃんと考えてしまったら、きっと何かが壊れてしまう。何かを失ってしまう。そんな気がしていた。考えるのはこの仕事が終わってからにしようと、私は問題を先送りしていた。

けれど、がむしゃらにやったので仕事は予定よりずっと早く終わってしまった。一緒に仕事をした人と軽く食事し、私はとぼとぼと家路についた。

本当は誰か誘ってお酒でも飲みに行きたい気分なのだが、ここのところあまり寝ていなかったせいか体が熱っぽくだるかった。風邪の引きばなだろうか。今日は何も考えず、家に帰ったらすぐに眠ってしまおうと思った。

ぼうっとした頭のまま電車を降り、駅の改札口を出た時だった。光子さん、と聞き慣れた声に後ろから呼ばれて、私は慌てて振り返った。夫の声だと思ったのだ。そうしたら、そこに立っていたのは夫の父親だった。私は言葉を失い、そこに立ちすくんだ。

「今、帰りかね」

柔らかく父親は私に聞いた。はい、と私は辛うじて返事をする。何故《なぜ》だかとても緊張した。父親と二人きりになったのは初めてだし、私は最初から彼のことが何となく苦手だった。

同じ家に住んでいるので、私は仕方なく父親と並んで歩きだした。父親は声だけでなく、体格も顔も夫とよく似ている。つまり壮年男性にしてはかなり恰好《かっこう》のいい方なのだ。

父親は母親と違って、ここぞとばかりに私に色々と質問をした。私の仕事のこと、自分の息子の近況、部屋の住み心地などだ。言葉も丁寧で柔らかかったのに、私はだんだん不愉快な感情が湧《わ》いてくるのを感じた。何だか生活指導の教師にあれこれ細かいことを聞かれているようなそんな感じだ。

「お義母さんの足の具合はどうですか？」

思い出して私はそう尋ねた。実はあれから一度も母親の様子を見にいっていなかったのだ。夫が何度か足を運んで、もうよくなったとは言っていた。

「もう何でもないよ。あいつは何でも大袈裟《おおげさ》なんだ。しょっちゅう、あっちが痛いこっちが痛いって言って人に迷惑ばかりかける」

吐き捨てるように父親は言った。仕立てのいいスーツを着てどこから見ても優しい紳士の彼が、毒づいた後に道路に唾《つば》をぺっと吐いた。私は目を見開く。

「光子さんは、いつ子供をつくるつもりなんだね」

そして父親は突然そんなことを私に聞いた。

「は？」

「まあ、女性も働くのが当たり前の時代だ。それも結構だけど、そろそろ跡継ぎの顔も見せて下さいよ」

ハハハと明るく父親は笑った。

頭の中がぐるぐる回るのを私は感じた。あなたの息子はいらないって言ってるわよ、と喉《のど》まで出かけた。けれど辛うじて私はそれを飲み込む。

「お義父《とう》さまは、月にどのくらい出張なさってるんですか？」

私は怒れば怒るほど、丁寧な女らしい声が出る。その時、自分の口から出た甘ったるい声は自分ではないような声だった。父親はちろりと私を見る。もう彼が建てた大きな二世帯住宅は目の前だ。

「最近はだいぶ減ったけど、それでも月に二度か三度はあるかな」

少しも怯《ひる》まず父親は言った。

「そういうわけで、留守にすることも多いんだ。たまにはうちの奴《やつ》の様子も見てやって下さいよ」

そう言って父親は、私の肩に軽くポンと手を置いた。私はもう少しで、反射的にその手を払いのけてしまいそうだった。

家に着くと、私と父親はお互いにこやかに笑い、それぞれの玄関へと向かった。

私はドアを開け中に入ると、思わずそこにしゃがみこんだ。何故だか分からない。けれど涙が出て仕方なかった。奥歯を噛《か》みしめ、私は泣いた。

私は食事もせず風邪薬だけ飲んでベッドにもぐり込んだ。疲れと多めに飲んだ薬のせいでぐっすり眠ってしまい、夫が帰って来たことにも気がつかなかった。ぽっかり目が覚めると、ダブルベッドの隣で夫が軽く鼾《いびき》をたてて眠っていた。

遮光カーテンの向こうは、もう明るくなっているようだ。枕元《まくらもと》の目覚まし時計は七時を少し過ぎていた。私は夫を起こさないようにそっとベッドを下りて寝室を出た。

リビングに行ってテレビを点《つ》けると番組がいつもと違っていて、今日は土曜日だと気がついた。そして夫の休日だと思ったとたん、いやだな、と感じてしまった自分に驚いた。

ミルクを沸かしソファに凭《もた》れて少しずつ飲んだ。まだ少し体がだるい。できれば今日は家で横になっていたい。けれど夫はきっと目を覚ましたとたん、どこかへ出掛けようと言うに決まっている。

新婚の頃は今よりもっと若かったし、夫が誘ってくれるのが嬉《うれ》しくていつでも彼について遊びに出掛けた。けれどある日、ちょっと風邪気味だから今日は家でゆっくりしたいと言ったら、夫がものすごく嫌《いや》な顔をしたのだ。僕には予定が沢山あるんだから風邪なんか移さないでくれよと言い捨てて、一人で出掛けてしまったのだ。冗談を言うことは多いけれど根本的にはとても礼儀正しい人だったので、私は本当に驚いてしまった。

そんなことがあってから、私はやがて気がついた。夫が病人や弱者に対してびっくりするほど冷淡なことに。友人の一人が入院した時も彼だけは決してお見舞いに行こうとしなかった。

彼のそういうところに私はわりと早い時期に気がついてはいたけれど、幸い私は概《おおむ》ね健康で、仕事柄彼がいない平日に一人でゆっくりできることも多かったので、今まで衝突せずにやってこられた。

けれど、何だかもう疲れてしまった。風邪ぐらいなら何とかごまかせても、もし将来何か重い病気にかかってしまったらと思うとすごく恐かった。彼はきっと力になってはくれないだろう。私だけではなく、階下に住んでいる両親がもっと年老いて病んでも、彼は助けようとはしないかもしれない。

いったい何なのだろう。夫にしても、彼の両親にしても、とても私の常識では計りきれないところがある。決定的に入ってしまった亀裂《きれつ》から、私はもう目をそらすことはできないでいた。

ミルクを飲んでしまうと、私はのろのろと立ち上がった。昨日はそのまま眠ってしまったので、とにかくシャワーだけでも浴びようと私は静かに廊下を歩きバスルームに入った。水の量も少なくして、控えめにシャワーを浴びる。

今日は夫といたくない。仕事が残っていると言って、彼だけどこかに出掛けてもらおうか。

暗い気持ちで体を洗っている時、私は胸にちくっと小さな痛みを感じた。手に持っていたスポンジを止めて、逆の手で痛みがあったあたりに触れてみる。

左の乳房の端に何か丸くて固いしこりのようなものがあった。それは小さかったけれど、確かにそこにあって、触るとちくりと痛んだ。私はシャワーの雨の中、じっと立ちすくんだ。

その日のその後の出来事は、思い出しただけでも憂鬱《ゆううつ》になる。

シャワーから出た私は、髪も濡《ぬ》れたままバスローブを羽織り急いで実家の母に電話をした。確か母も昔、同じようなしこりができて手術をしたことがあったからだ。

冷静なつもりでいても、たぶん私は動転していたのだろう。症状を母に説明する声が大きかったので、夫が目を覚ましそれを聞いてしまったのだ。

たぶん良性の脂肪球だと思うけど、とりあえず病院に行ってみなさいと母に言われた。私の時と症状が似てるから乳癌《にゅうがん》っていうのはたぶんないわよと言われて、私はやや安心して電話を切った。

ふと視線を感じて私は振り返った。するとそこに、真っ青な顔の夫が立っていた。

「光子、胸になんかできたのか？」

低く彼は私に聞いた。

「あ……聞いてたの？」

「なんでこそこそ電話してるんだ。乳癌なのか？」

私は夫の大袈裟《おおげさ》な顔に、もう少しで吹き出しそうになった。そして、彼が心配してくれているのが分かって嬉しかった。だからもっと心配してほしくて、悪戯《いたずら》心でわざと暗い顔をしうなだれてみせた。

「分からないけど、月曜日に病院に行ってみる」

下を向いていたから夫の表情は分からない。彼のパジャマから出た素足を見ながら私は言った。そのとたん、その足が踵《くびす》を返した。

どたどたと慌てたように彼は寝室に入って行った。私がぽかんとしていると、着替えた彼は私の方を振り向きもせず、恐い顔のまま玄関を出て行ってしまった。

そしてその日、夫はとうとう帰って来なかった。次の日も、その次の日も、夫は電話一本よこさず家に戻って来なかった。

そして火曜日、彼からファックスが入った。

しばらく君の顔を見たくありません、と一行だけ書いてあった。

笑い事ではなくなってしまった。乳癌かもしれない私は、夫に見放されたのだ。

「何それー？」

事情を聞いたリカは、呆《あき》れた声を出した。

さすがに落ち込んで、もうどうしたらいいか分からなくなってしまった私は、たまたま電話をしてきたリカの声を聞いて泣いてしまったのだ。慌てた彼女はすぐに私の家まで来てくれた。それで私は、夫と夫の両親のことを全部リカに打ち明けた。

「話がうますぎるとは思ってたんだ。二世帯住宅建ててくれて、お金もろくにとらずに口出しもしない親なんて」

話がうますぎる。それは私が夫にプロポーズされた時に思ったことだった。そうだ、とにかくこの結婚は最初から話がうますぎた。

「それで病院には行ったの？」

「うん。検査の結果が出るのは来週だけど、お医者さんもたぶん良性腫瘍《しゅよう》だって言ってた。小さいし切らなくてもいいって」

「よかったわね。風邪の方は？」

「ばたばたしてたら、知らないうちに治っちゃった」

「ならいいけど、気をつけなさいよ。昔と同じつもりで徹夜なんか続けると、お肌ぼろぼろになるから」

私が淹《い》れたコーヒーを飲みながらリカは笑った。体の具合を心配してもらえて、不安な気持ちも分かってもらえて、こうして人から優しくされたことが嬉しくて、私はまた泣きそうになってしまう。

「で、旦那《だんな》さんまだ帰って来ないの？」

「帰って来たことは来たんだけど……」

「仲直りしてないってわけ？」

「仲直りも何も、夜中に帰って来て朝早く出掛けちゃうんだもん」

「卑怯《ひきょう》な奴《やつ》」

ぽつんとリカはそう言った。認めたくない、だけど本当のことを友人の口から聞いて私は唇を嚙《か》んだ。

「でも、旦那さんは別に光子のこと嫌いなわけじゃないと思うよ」

私は頷《うなず》く。それは私にも分かっていた。自惚《うぬぼ》れではなく、彼は私のことを愛してくれているんだと思う。そして私もやはり夫が大好きなのだ。

出会ってからずっと、夫はいつも私を笑わせてくれた。仕事を応援してくれた。よその旦那さんはよほどうるさく言わなければ家事なんかそうそう手伝ってくれないらしい。けれど夫は、何でも自分でやった。お茶碗《ちゃわん》を洗うのも窓を磨くのも、楽しそうにこなしていた。好奇心が旺盛《おうせい》で、行ったことがない場所はどこでも行きたがった。食べたことのないものは何でも食べたがった。言葉の通じない国でも、彼はどんどん好きなところを歩いていった。そして誰とでも友達になった。

私はそんな夫がとても好きだ。尊敬もしている。そのバイタリティーに憧《あこが》れる。だからこそ、子供をつくって家庭をつくりたかった。私は彼のように、子供が面倒なだけのものだなんて思わない。家族が増えたら、今よりもっと楽しくなるはずだと思う。けれど、これでは駄目だ。こんな状態では家族を増やすどころか、私まで彼から離れてしまいたくなる。

「光子が決めることだよ」

リカがそっと言った。私は頷く。もう先送りにはできない。

私は夫を愛している。けれど愛していれば何でもできるというわけではないのだ。それは夫の方も同じだろう。

離婚、という文字が頭をかすめた。

避けられないのかもしれないと、私は目を閉じた。

その次の週末、私と夫は朝から出掛けた。

こんな時に出掛けたくはなかったけれど、友人の結婚式だったのだ。

夫は多少ぎくしゃくはしていたけれど、しばらく見せていなかった笑顔を私に見せ、私の新調した絹のスーツをすごく似合うと褒めてくれた。私も今日は停戦ということにして、彼の礼服姿を褒めた。

教会での式が済み、レストランを借り切って行われたパーティーに出た後、その二次会は断って私と夫は車に乗った。

寄り道していこうと夫が言いだし、彼は港に向けて車を走らせた。一緒に出掛けなかった週末は先週だけ、たった一度だ。なのに夫とこうして外出するのがとても久しぶりのように感じた。

港近くの海を望む公園に車を停め、私と夫は外に出た。日が傾きはじめた公園では若いカップルがあちこちで肩を寄せ合っている。私達も同じような〝若いカップル〟だったはずなのに、いつの間にかその中に入ると私達は異質になってしまった。少しずつだけれど、私達も当たり前に歳を取っているのだ。

空いたベンチを見つけて、私達はそこに腰掛けた。夫は煙草に火を点《つ》け、私の方を目を細めて見た。

「胸、どうだった？」

私は肩をすくめ、検査の結果を報告した。

「何でもないって。でも年に一度ぐらいは検査して、大きくなるようだったら切った方がいいって言われた」

「そっか」

すごく疲れた声で彼は言った。私はヒールを履いた足をぶらぶらさせて夫に聞いた。今なら聞けるような気がした。

「ねえ、どうして私の胸にしこりがあるって聞いて、逃げちゃったの？」

「……乳癌かと思ったんだ」

「本当に乳癌だったらどうしてたの？　家出して帰ってこないつもりだったの？」

彼はぎくしゃくと視線をそらし「分からない」と呟《つぶや》いた。目の前の大きな男は、母親に怒られた小学生のようにしゅんとしている。

「分からないのは私だわ。もしあなたが煙草の吸いすぎで肺癌になっても、私は家出したりしないわよ。手遅れでもうすぐ死んじゃうって分かったら、つらいけどちゃんと看取《みと》ってあげるのに」

彼は吸っていた煙草を足下に落とし、靴で踏んで消した。その顔は笑ってはいなかった。

「どうしてなの？　いざという時に私達助け合えると思ってたのに、どうしてあなたは病気をしている人や元気のない人に冷たいの？　どうして休んでいる人が嫌いなの？　あなたもたまには休みたくないの？」

分からない、と彼はまた呟いた。こんなに曖昧《あいまい》な態度の彼を私は初めて見た。いつでも彼は判断力にすぐれ、どんどん前に進んで行く人だったのに。

「今まであなたに嫌われるのが恐くて言えなかった。でももう疲れちゃった。あなたとあなたのご両親が私には分からない。子供だってほしいのに、あなたは私の話も聞いてくれない」

「子供をつくればいいのか？」

「そうじゃないってば。あなたがほしくないなら無理じいしようなんて思ってない。でも話してくれたらいいでしょう。突然いらないよって言われた私の気持ち、考えた？　お義父《とう》さんに孫はまだかって聞かれた時、私がどんな気持ちがしたかあなたに分かる？」

そこまで言って、私は少し言いすぎたかなと思った。彼はただ黙って視線を落としている。長い沈黙の後、彼は「親父《おやじ》は」と呟いた。唇が震えている。

「親父には女がいるんだ。もうずっと昔からだ。出張って言っちゃあそっちに入り浸ってる」

何となくそんな気がしていたので、私は別に驚かなかった。

「二世帯住宅を建てたのも、親父の勝手な都合だよ。それで息子が帰ってくれば世間体もいいし、お袋を僕達に押しつけて安心していられる」

「そこまで分かってて、どうして一緒に住むことにしたの？」

私は素朴にそう聞いた。けれど、聞いてしまってから後悔した。そんなことは分かりきっているではないか。

「お袋を放っておけなかった」

彼は額に手をやった。顔が影になって見えなくなる。

「いや、本当はもう嫌《いや》だったんだ。子供の頃からずっと、ふさいでばっかりの母さんに僕は尽くしてきたんだ。洗濯も料理も僕がして、面白い作り話を考えて話して聞かせたんだ。

母さんが喜んだり笑ったりするのが見たくて、勉強でも何でも人一倍頑張ったのに」

彼はそこで口を閉ざした。私はそっと彼の髪に手を触れた。

「お義母《かあ》さんは、笑ってくれなかったのね？」

こっくりと夫は頷く。

「いつもいつも憂鬱《ゆううつ》な顔をして、だるそうにしてるだけなんだ。悪いのは親父だって分かってた。だけど母さんは何もしなかった。怒ればいいじゃないか。怒れないなら泣けばいいじゃないか。泣けないなら出て行けばいいじゃないか」

語尾が震えている。彼の大きな掌《てのひら》から涙が零《こぼ》れるのが見えた。

「嫌だったんだ。光子が病気になって、お袋と同じようにふさぎこむのが」

私は男の人が泣いているところを初めて見た。どうしたらいいか分からなくて、必死で彼の頭を胸に抱き寄せる。通りかかったカップルが不思議そうにこちらを見て行った。

「駄目なんだ。いつも負い目があって、うまく優しくできないんだ。僕は一生懸命やってるのに、お袋だけは昔のままでただ憂鬱に暮らしてるんだ」

私は彼の顔を覗《のぞ》き込む。

「分かってるのに駄目なんだよ。光子までお袋みたいに憂鬱な顔をして、病気のことしか考えなくなって、僕のことなんかどうでもよくなっちゃいそうな気がするんだ」

「そんなことないのに」

「嫌なんだ。僕は楽しく生きていきたいんだ。光子を失いたくないんだ」

私は彼の涙を指でぬぐった。目の前の大きな男は本当にまだ子供のままで、自分のことを振り向いてくれない母親にだだをこねている。

マザコンと怒鳴って、この手を離すこともできる。けれど私はもう一度彼の背中に手を回した。

私が彼らを何とかできるとは思わない。彼らの長い長い苦しみの時間を、私が忘れさせることなど到底できないだろう。けれど背中を向けたら何も進展しない。いつだって私はそう思ってきたはずだ。

ひとしきり泣いて我に返ったのか、夫は恥ずかしそうに下を向いている。私は彼の膝《ひざ》に手を伸ばした。

「もう一度聞くけど」

「……うん」

「私が乳癌になったら、どうする？」

彼は苛《いじ》められっ子のような情けない顔で私の方を見た。そして呟く。

「途方に暮れると思う」

「それで？」

「分からない。その時になってみなくちゃ。でも」

「でも？」

「一回ショックを受けて免疫ができたから、今度は逃げないと思う」

私は仕方なく肩をすくめて笑った。夫も苦笑いを浮かべる。

そうだ、と夫が突然顔を上げた。

「光子、自分で漬物作ってるんだって？」

唐突に話がそこへ来て、私は首を傾げた。

「突然なあに？」

「どうして僕には出さないんだよ」

「だって、そういう所帯じみたこと、あなたは嫌いだと思ってたから」

「お袋が、茄子《なす》の漬物がすごくおいしかったって言ってたぞ」

私は夫の、泣いた後でまだ赤くなっている両目を見た。

彼と彼の父親と母親、三人でどこへも行けなくなっていた家族に私が加わり、そして少しだけれど確実に、また違う形に家族が動きはじめたのだ。

私はそう思いたい。せっかく結婚したのだから。

いつの間にか日は落ちていた。夫を促し私は「帰りましょう」と立ち上がった。

紙婚式

俺《おれ》は女房を養う気なんか全然ないよ、という台詞《せりふ》を夫の口から聞いた時、意外にも私はショックを受けた。

たぶん彼は私を褒めたかったんだと思う。そして自分達のことを自慢したかったんだと思う。それは友人の結婚式の二次会での出来事だった。妊娠してしまったことが分かり慌てて籍を入れたカップルの結婚式で、それを羨《うらや》ましがっていたどこかの若い女の子に夫が言った言葉だった。その子は「じゃあ子供も養わないつもりなんですか」と夫にくってかかった。

「つくらないもん」

わざとかもしれないが、小学生の喧嘩《けんか》のように夫は子供っぽく言い返した。

「そんなこと言ったって、できちゃったらどうするんですか？」

「だから、できないようにしてるんだよ」

「じゃあ、奥さんが赤ちゃんほしいって言ったらどうするんですか？」

「だから、つくんないって言ってるだろ」

「そんなの変よ」

あーあーその酔っぱらい二人をひっぺがせ、と誰かが笑いながら言った。するとあちこちから手が伸びてきて、至近距離で睨《にら》みあっていた彼らは引き離された。私も夫の腕をつかみ、自分の方に引き寄せる。

「どうしたのよ。むきになっちゃって」

「むきになんかなってない」

「あの子泣いちゃってるじゃない。あとで謝っておきなさいよ」

「何で謝らないとならないんだよ」

「おしっこでも行っておいで」

私はそう言って夫の背中を叩《たた》いた。彼は舌打ちしながらも退場するきっかけが摑《つか》めてほっとしたのか、素直に洗面所に向かって行った。普段あまり飲まない人なのに、今日は珍しく酔っぱらっているようだった。

二次会の会場は新郎の行きつけらしい小さなワインバーで、狭い店内にはぎゅうぎゅうに人が詰まっていた。夫側の友人ばかりで私の知っている人はあまりいない。最初から楽しくはなかった上に、夫にあんなことを言われて私はかなり気分を害していた。先に帰ってしまおうと思い、人をかき分けて出口に向かって行くと、夫にからんでいた女の子とばったり会ってしまった。

「さっきはごめんなさいね。何だか今日は酔っぱらってるみたいで」

女の子はまだ涙目のままだったので、仕方なく私はそう言った。きっとまだ二十代の前半なのだろう。黒いミニドレスから首や腕や足が白く伸びていて、お人形のように可愛《かわい》らしい子だった。

「奥さんが謝らなくてもいいです」

露骨に反感をこめてその子が答える。

「すみません。この子も飲みすぎなんです」

友人らしい女の子が割って入って来る。私は曖昧《あいまい》に首を振り背中を向けた。その時彼女が大きな声で言った。

「あなた達、変よ。それじゃ結婚してる意味がないじゃない」

振り向くとその子は友人達からぽかぽか頭を叩かれているところだった。私は苦く笑った。


私達が結婚したのはもう十年も前のことだ。共通の友人を通して知り合って、食事をしたりホテルに行ったり普通に付き合っているうちに、利害が一致していることが分かって結婚することになった。

彼はその頃駆け出しのCGアーティストで、六畳一間の風呂《ふろ》なしアパートにコンピュータと資料の山に埋もれるようにして暮らしていた。私は都心にある外国人客が多いホテルのフロントで働いていた。まだ学生時代から住んでいた郊外のワンルームにいて、もう少し職場に近い所に引っ越そうかと考えていたところだった。

だからといって即結婚となるほど、私達は愚かでも割り切ってもいなかった。彼はとても用心深かった。一緒に暮らすのはいいけれど、子供をつくる気はないし、部屋も別々にしてほしいと彼は言った。そしてお互いを頼らず、自分の食い扶持《ぶち》は自分で稼ぎ、自分のことは全部自分でしていこうと提案した。

私は賛成した。二人とも仕事の時間が不規則だったので、邪魔されずに睡眠時間を確保するには部屋を別にする必要があった。仕事を辞める気はなかったし、子供をほしいと思ったことはない。料理も好きでないので、食事を作らないでいいのは願ってもないことだった。

というわけで、我が家にはほとんど「家事」が存在しない。食事はそれぞれ外で食べてくるし、洗濯も自分の分だけならそれほど多くはない。掃除は自分の部屋だけざっとやる。まるで友人同士で部屋をシェアしているような生活で、十年がたった。

問題は何もない。あえていうならば、リビングが夫の買った様々なマシンや本や雑誌で埋め尽くされているので掃除のしようがなく、お客さんを呼べないことぐらいだ。でもそんなことは大したことではない。友達とは外で会えばいいだけのこと。両方の親は上京して来たりしないし、正月にはそれぞれ別に帰って一応機嫌を取り結んでいて、親の方も最初は戸惑っていたようだがいつの間にか納得してくれた。

なのに何故《なぜ》、ショックだったのだろうか。私は寝起きのぼんやりした頭で、先日のことを思い出していた。夫は私を養う気は全然ないと言った。知らない女の子は私を睨んで結婚してる意味がないと言った。

あの日から五日がたった。そういえば五日間夫の顔を見ていなかった。私は早番が続いていたし、夫は納期が迫っているらしく会社に泊まり込んでいた。着替えとシャワーのためにに深夜ちょろっと帰って来ていたようだったが、私は眠かったので顔を出さなかったし、彼も私の部屋のドアをノックしたりはしなかった。

今日やっと休みが取れて、私はキッチンテーブルの前にぼうっと座って牛乳を飲み、壁に貼《は》られたカレンダーを眺めていた。

あの子は夫が好きなのだ。嫉妬《しっと》を感じるでもなく私は静かにそう思った。きれいにお化粧した顔をくしゃくしゃにして彼女は泣いていた。きっと、自分の好きな男が意味のない結婚生活を送っていることに苛立《いらだ》ちを覚えたのだろう。

確かに彼女の言う通りだった。私達の生活に意味はない。何しろ生活そのものがないのだから意味などあろうはずもない。

リビングにはカーテン越しに日差しが射《さ》し込んでいて、まだ顔も洗っていないので目脂《めやに》で視界がかすんで、散らかりに散らかった見慣れたはずの部屋が何だか不思議なものに見えた。テレビで見たドキュメント番組を思い出す。香港の狭い団地の一室に暮らす五人家族。足の踏み場もないほど物で溢《あふ》れた部屋はこの部屋によく似ていたけれど、あちらには生活があった。目の前の景色は混沌《こんとん》というよりは惨状で、ひんやりと沈み、埃《ほこり》が光ににじんでいた。映画のセットのように現実感に欠けている。

「おセンチ入ってるなあ……」

独り言を言ってその勢いで立ち上がり、バスルームに向かう。途中で玄関に脱ぎ捨てられた大きなエアマックスを発見した。閉まった夫の部屋のドアを振り返る。帰って来ているのだ。

だからといって、どうということもない。私はパジャマを脱いで洗濯機に放り込み、シャワーを浴びた。水音を控えるようなことをしていたのは、最初のうちだけだった。気にしていたらきりがない。相手がいようがいまいが、ただ自分のペースでやるだけだ。無理して遠慮をすると自分も遠慮してもらいたくなる。お互い自由勝手にしていた方が衝突しないで済む。

私達のそんな暮らしは、友人知人の間に知れ渡っていた。だいたいは驚きを持って、時には尊敬やら軽蔑《けいべつ》やらを込められて私達のやり方は語られているようだった。

家賃も公共料金も完全折半、食事も割り勘、もちろん電話も別の番号を持っていて、私達は何も干渉しあわず暮らしている。お互い仕事なのかそうでないのかは知る由もないので外泊は自由だし、旅行はカレンダーに書き込んでおけばそれでよし(二泊三日ぐらいだったら黙っていても大丈夫だ)。子供はつくらず、家も買わず、お互いの実家には葬式でもない限りは出掛けない。自分の親は自分で面倒をみる。

夢のような結婚生活だった。最初の二年ぐらいまでは。

二人でお金を出しあって、小綺麗《こぎれい》なマンションを借りた。休みはなるべく調整して同じ日に取るようにし、海辺や温泉に一泊でドライブに出掛けた。お互いの仕事の話を興味を持って聞き、人間関係のトラブルも打ち明けて一緒に対応策を考えた。夏休みには奮発して長い旅行に出掛けた。忙しくて休みがあわない時はどちらかのベッドで一緒に眠った。夫は私の一番の友人だったし、彼も同じように感じてくれていたと思う。二人の間にしか通じない冗談で笑いころげ、触れ合っているだけでうっとりと安心できた。私達は自分達のやり方に自信があって、そして自慢に思っていた。

いつからだろうか、そのカラフルな生活が次第に色を失っていった。

私達は特殊がられているようだが、おのおのはそれほど特殊な人間ではない。その証拠に望んでいた生活が手に入ったら、次第にそれに飽きはじめてきたのだ。新婚の頃はいちゃいちゃしても、だんだん配偶者なんかには胸はときめかなくなる。これが普通でなくてなんなのだろう。

いつしか私達はお互いの仕事や友人の話をそれほど興味を持って聞かなくなった。悩みも打ち明けたところで親身になって相談に乗ってくれるわけではないので話さなくなり、二人で出掛けても楽しくはなくなった。休みを調整する面倒も放棄するようになった。

こうしてすれ違いになることが増えてからずいぶん長くたつ。淋《さび》しくないと言ったら嘘《うそ》になるだろう。では夫の顔が見られたら、話ができたら、セックスができたら淋しくないかといえばそうではない。

夫は既に私の一部である。他人でないので会っても淋しさは紛れない。淋しさを紛らわしてくれるのは「他人」であることを私は知った。

シャワーを済ませ、適当に髪をぬぐって裸のままバスタオルを首に掛け私はバスを出た。するとそこで夫の部屋の扉が開き、起きてきた夫と目があった。

「おはよう」

少しも怯《ひる》まず彼は言った。

「うるさかった？」

「いや別に」

よれたスウェット姿のままぼりぼり頭を掻《か》いて、彼はリビングに向かった。私は自分の部屋に行って下着をつけ、LサイズのTシャツだけ着た。リビングに出ていくと私がさっき座っていた椅子《いす》に夫が腰掛け、眠そうな顔で煙草を吸っていた。

「仕事終わったの？」

冷蔵庫を開けながら私は尋ねてみた。本当に興味があるわけではなくただの社交辞令だ。

「終わった。そっちは？」

「今日は休み。何時頃帰って来たの？」

「明け方かな」

缶コーヒーを出して私は彼の斜め前に腰を下ろした。ソファもあることはあるのだが、その上には物とゴミと埃《ほこり》が積もり、ここ一年ばかり座った記憶はない。

「飯でも食うか」

プルタブを開けた時夫が言った。私は黙ってコーヒーを飲む。無視したわけではなく、誘われたとは思わなかったのだ。

「飯でも食うか」

もう一度同じことを彼は言った。やっとそれが夫の独り言ではなく、私に言っているのだと気がついた。


徒歩二分の所に借りている駐車場まで歩いて行くと、夫の車がまた変わっていた。この前（といっても一年以上前だが）乗った時は銀色のローバーだったのに、夫がキーを差し込んだ車は濃紺のボルボだった。

「車、また買い換えたの？」

すごく昔、まだ結婚する前は助手席の扉を開けてくれてから彼は車に乗り込んだ。今でもよその女の子にはそうしているのだろうかと考えながら、私は助手席に乗り込んでシートベルトを探った。

「うん」

簡単に返事をして夫は車を出した。MDからはどこの国のものか定かでない、変なリズムの音楽が流れていた。

「うどん食べたいな」

「うん」

「ファミレスでもいいけど」

「うん」

「うんしか言えないの?」

「うん」

不毛な会話ではあったが、険悪というわけではなかった。険悪になるほど私達はお互いに求めるものがなかった。夫はしばらく車を走らせて、和食系のファミリーレストランに車を入れた。私も人と何度か来たことがある店だ。

窓際の広い席に私達は通されて、それぞれの煙草に火を点《つ》けた。私はメニューを眺め、夫は窓の外を眺めている。

話題がなかった。これが他人なら何とか話題を見繕う努力もするだろうが、夫が相手なら黙っていても別に平気だ。やって来たウェイトレスに私はうどんセットを、夫はメニューも見ずに鯵《あじ》のたたきセットを注文した。

「ここ、よく来るの？」

「たまにね」

私の質問に彼はぼそりと答えた。横を向いたきりの夫を私は眺めてみる。三十代の半ばにはとても見えない。流行《はや》りの髪型、流行りの形の眼鏡、クラブキッズのようなトレーナー。出会った頃に比べたらずいぶん痩《や》せて顎《あご》の線が切れ、不精髭《ぶしょうひげ》には色気さえあった。恰好《かっこう》いいな。口には出さずに私はそう思った。こんな様子のいい男と私は結婚しているというのに、何故《なぜ》だか全然実感が湧《わ》かなかった。私がいつもこの店に一緒に来る男は、夫ほどいい男ではない。量販店で買ったスーツを着た冴《さ》えないサラリーマンだ。もしかしたら夫は私達を見かけたことがあるのかもしれない。

「一緒に出掛けるの、久しぶりだね」

何を思ったか、突然夫がうっすら笑って話しかけてきた。

「先週、笠井《かさい》君の結婚パーティーに行ったじゃない」

「あれって先週だっけ？　曜日感覚ガタガタだなあ」

「忙しくてテレビ見ないと曜日が分かんなくなるよね」

「うん。タモリ倶楽部《クラブ》見ると、明日はゴミ出さなきゃとか思う」

ちぐはぐな会話を交わしているうちに食事がやってきた。私達はそれを黙って食べる。

うどんを三分の二ほど食べたところでジーンズの尻《しり》に押し込んであった携帯が鳴った。箸《はし》を置いて私は電話に出る。

「今日、何時頃来る？」

聞き慣れた恋人の声が耳に響いた。

「何時でもいいけど」

「じゃあ俺、ちょっと用事で新宿出るから待ち合わせる？」

「いいよ。どこ？」

「六時にドトールは？」

「分かった。じゃあね」

ぷつりと携帯を切る。夫の様子は何もどこも変わらない。びくともせずに食事をしている。そして私も哀《かな》しいほど、何もどこも動揺してはいなかった。

人は停滞に耐えられないものなのかもしれない。

この十年の間に夫は何台もコンピュータと車を買い替え、私は何人も恋人を替えた。そうしてもがいても、閉じてしまった円はふくらんだり縮んだりするだけで破けたりはしなかった。

家を買う予定もなく、子供をつくる予定もなく、故郷に帰る気もない私達には根本的な変化が訪れない。レールの上をただぐるぐる回っているだけだ。

その日暮らしの私達はそれぞれ裕福で、でもそれは服や食事や遊びに使えるお金があるというだけのことだった。まわりの同年代の人達に比べたら確かに若く見え、自由に使える時間が沢山あるが、本当にやりたいことに時間とお金を費やしているかというとそうではなかった。

夫のことは知らないが、私にはやりたいことなど何もなかった。

有名なデザイナーが設計した都心のマンション、聞こえのいい仕事、女優が通っているというエステティックサロン、海外の高級リゾート、そして年上でも年下でも独身でも既婚でもどんな男性との恋愛も、本当に私を変えたりはしなかった。夫と離婚してこの人と人生をやり直そうと思う人もいなくはなかった。けれど半年も付き合えば、最初の情熱は冷めてしまう。そしてどの人と結婚しても同じことになるような気がして、どの人でも同じならば今の夫でいいという結論に達していた。

はっきりとは知らないが、夫にもいくつか恋愛があったのだと思う。そういうことは気をつけていなくても何となく分かるものだ。でも私は見てみないふりをしていた。自分のことは棚の上にあげて感情的に責められればよかったのだが、そんな力は湧いてこなかった。他の女の子のところへ行きたいのなら行けばいい。私に止める術《すべ》はない。何時に帰ろうが、どこに泊まろうが私達は自由だ。何しろ私達は婚姻届すら出してはいないし、もし出していたとしても行動の自由は変わらない。

「どっか行くなら送ってこうか?」

食事を終えて車に乗ると、夫はそう尋ねてきた。

「ううん。一回帰る」

国道に出ると午後の日差しが車に射《さ》しこんできて、私は助手席の日除けを下ろした。すると何かがひらりと舞い落ちてきた。拾ってみるとそれは郊外にある動物園の半券だった。黙ってそれをダッシュボードに入れる。サングラスを掛けた夫はこちらを見ようともしなかった。

動物園に一緒に行ったのは、パーティーの時に泣いていた女の子だろうか。夫は彼女に恋をしているのだろうか。

籍も入れず、友人がひらいてくれた小さなパーティーだけで私達は結婚した。紙切れ一枚や指輪のひとつに縛られるのはおかしいと若い私達は語り合った。一緒に暮らせばそれが結婚だと信じていた。

けれど今では泥沼になった宗教戦争のように、最初の理由が忘れ去られていた。夫に養ってもらいたいなんて思ったことは一度もない。けれどあの一言は、ぐらぐらになってもかろうじて立っていた私達の結婚のつっかえ棒をガクンと外してしまった。

車が道を左折すると、日差しが真正面に来て私は思わず目を細めた。そのとたん、するりと頰《ほお》に冷たいものが滑り落ちた。

私は光の中にいる。望んだ楽園の中に立っている。理想という白く輝くドアに閉じ込められて、私はただ自分の無力さに呆然《ぼうぜん》としていた。

「もう別々に暮らす？」

黙ったまままただ泣いている私に夫が言った。あまり考えもしないで私は頷《うなず》いていた。


夫が引っ越すとなると、何台ものマシンや大量の資料を動かさなければならないので、荷物の少ない私の方が出ていくことになった。彼は申し訳なさそうにしていたが、私は十年住んでほとんど掃除をしたことのない部屋に置いて行かれるよりは、いろいろ出費がかさんでも新しい部屋に移る方がよっぽど嬉《うれ》しかった。

「離婚するの？」

私が一人暮らしをすると聞いて、恋人は怯《おび》えたような顔で聞いてきた。安物のスーツがきちんと壁に下げられている。それにはちゃんとブラシが掛けられていることも私は知っている。夫はお洒落《しゃれ》だが服の扱いは乱暴で、着るものをハンガーに掛けたところなど見たことがない。

「さあ、どうなのかな」

「どうなのかなって自分達のことだろう？」

半年ほど前に飲みに行った先で知り合ったこの人は、神経質で真面目《まじめ》で気が小さくて優しい人だ。夫とは何もかも違う。

「だいたい私達は法律上結婚してないんだもん。これで別居したら内縁の妻でもなくなるんじゃない？」

眉《まゆ》をひそめ恋人は私の顔を見た。心配しているのか軽蔑《けいべつ》しているのか分からない。

「そんな顔しなくたって、あなたに結婚迫ったりしないわよ」

彼がペーパーフィルターで丁寧に淹《い》れてくれたコーヒーをすすって私は言った。彼の部屋は学生時代のまま炬燵《こたつ》や勉強机が置いてあって妙に居心地がいい。まるで実家で父親に憎まれ口を叩《たた》いているような感じがした。

「分かってるよ」

しばらく黙っていたかと思うと、そう彼が呟《つぶや》いた。傷ついたのは彼の方なのに、私は少し泣きたくなった。慌ててジャケットをつかんで立ち上がる。

「もう帰るの？」

「うん。ごめんね。荷造りしなきゃ」

彼は弱々しく笑顔をつくった。私は喉《のど》まで出かけた言葉を無理に飲み込んで背中を向ける。

一緒に暮らしてほしいと言えば、この人はきっとそうしてくれるだろう。けれどそれでは同じことになる。他人だからこそ私は彼が必要だった。他人でなくなれば逆に遠くなってしまう。自分のものにすることだけが愛情じゃないと、私は自分に言い聞かせた。

「また来ていい？」

空元気《からげんき》を出して私は玄関先で彼に問いかけた。見送りに立って来た恋人は、返事をせずに視線をそらした。


部屋に帰ると夫が大掃除をしていた。リビングに散らかっていた雑誌を紐《ひも》でしばり、水を張ったバケツの中には汚れた雑巾《ぞうきん》が泳いでいた。

「どうしたの？　あなたが引っ越すわけじゃないのよ」

「いや、なんか片づけてみたくなって」

「今さら遅いんじゃない？」

私が笑うと夫も声を出して笑った。私が出て行くことになってから、何だか夫は元気になった。どうあがいても手に入れられなかった変化が訪れてきっと嬉しいのだろう。そう思うとちょっとしゃくにさわるが、実は元気になったのは私も同じだった。久々の変化に私達は二人ともややハイになっていた。

ジャケットとバッグを置きに自室に戻る。引っ越しは明日なので、私の部屋には荷物を詰め終えたダンボール箱がいくつも置いてあった。整理してみると私の持ち物のほとんどは洋服や靴やバッグだった。その時は欲しくて買ったはずの物なのに、改めて見てみると流行が去って着られないものばかりで、思い切って半分以上処分してしまった。あとは身の回りの物をスーツケースに押し込めばいいだけだ。あっけないものだ。

リビングに戻ると夫が古いコンピュータを一人で持ち上げようとしていたので「手伝おうか」と声をかけた。

「あ、悪い」

買って来た時のように発泡スチロールで梱包《こんぽう》し、二人で苦労してそれを箱に納めた。

「売るの、これ？」

「うん。大した金にはなんないけど捨てるよりはいいかと思って」

「じゃあ私が持ってこうかな」

「いいよ。持って行きなよ。セットアップしてやるよ」

優しく言われると驚くほど胸が痛んだ。彼のそばを離れ、キッチンへ汚れた手を洗いに行く。終わりを目前にしなければ優しくなれないのが悲しかった。だったら始めなければよかったような気さえする。

「誰か女の子と暮らすの？」

タオルで手を拭《ふ》いて私は尋ねた。まるで彼の叔母《おば》にでもなったような気持ちだった。

「まさか。もう十分だよ。君の方こそ誰かと住むんじゃないの？」

ほんの少し咎《とが》める口調で夫は言った。

「とんでもない」

「とんでもなくはないだろう？」

「私も十分堪能《たんのう》しましたから」

ハハハと私達は乾いた笑い声をたてる。笑った後のリビングは花火が消えた後のようにしんと淋《さび》しかった。床にあぐらをかいたまま、夫は煙草に火を点《つ》けた。昔私が贈ったジッポがカチリと音を立てて閉められた。

「じゃあ私は寝るね。明日は早いから」

「あのさ」

自室のドアに手をかけた私に夫が言った。別れの言葉なんか改めて言われたくなくて、私は急いでノブを回す。

「考えたんだけどさ」

「聞きたくない」

振り返らずに私は言った。

「区役所行かない？」

ゆっくりと私は彼の方を見た。横を向いたまま、夫が私に向かって何か畳んだ紙を差し出していた。

「何それ？」
婚姻届、と夫は唇を尖《とが》らせて言った。その顔はパーティーで女の子と喧嘩《けんか》をしていた時と同じ表情だった。ガキ、と私は内心思った。

翌日の引っ越しは、業者の人と女友達とでつつがなく楽しく盛り上がって終わった。夜にはさらに何人か友人が来てくれて、近所に見つけた居酒屋で私の新しい生活のスタートを祝ってくれた。

朝からずっと動いていて、すきっ腹にお酒を飲んでしまった私はダンボール箱と荷物が散らばる部屋に帰ったとたん、マットレスのままのベッドに倒れこんで眠ってしまった。

まだカーテンもつけていない窓から朝の日差しが射《さ》し込んできて、私はゆらりと目を覚ました。一瞬ここがどこで自分が何をしているのか分からなかった。

のろのろと起き上がり、自分の汚れたままの手や汗くさいシャツを見下ろした。筋肉痛なのか体中がぎしぎしいっていた。

ペンキの匂《にお》いがする真新しいトイレで用を済ませ、洗面所の蛇口をひねって水を出した。まだ石鹸《せっけん》を出していなかったので、冷たい水だけで丁寧に手を洗い、そして顔を洗った。そのとたんタオルを出していないことに気がついて、仕方なく私はシャツの袖《そで》で顔を拭《ぬぐ》った。

冷蔵庫に飲み物だけは入れてあったので、缶のウーロン茶を出してきた。マットレスに腰を下ろし私はそれを飲んだ。

ふと気がついて、私はジーンズのポケットに入れたままにしてあった婚姻届を取り出してみた。広げてみると、夫の名前の横にやや曲がって判子がついてあった。

紙婚式って十年目だろう。紙を出してみようよ。夫は昨日そう言った。予想していなかった出来事に私は仰天し、とりあえず差し出された紙を受け取って、考えてみるとだけ言い置いて出て来てしまった。

そして昨日の引っ越しの時、女友達にそれとなく「紙婚式って結婚十年目？」と尋ねてみると「一年目じゃないの？」とあまり興味がなさそうに言っていた。

皺《しわ》が寄ってよれてしまったそれをひらりとほうって、私は一人で少し笑った。彼の横に自分の名前を書いて役所に出せば、お互い少しは安心できるかもしれない。合理的で個人主義で、一人で生きていけると言って憚《はばか》らなかった彼の裏側を初めて見たような気がした。ちっぽけで弱いのは私も同じだ。けれどこれでは、せっかく他人になった意味がなくなってしまう。自分のものでなくていいから、友達になって助け合って生きていきたかったのに。

紙切れ一枚が何をしてくれるとも思えない。手をつなぎ続けることはこんなにも困難で、断ち切ってしまう方が百倍もやさしい。

けれど、何も見えなくなって、ただ同じところをぐるぐる回っているだけでも、ひたすら続けていればいつかは終わる。

いつかは終わるのなら。私は冷たいウーロン茶を飲み干し立ち上がった。

朝の日差しに私は目を細め、瞼《まぶた》をこすった。そしてまだ開けていないダンボールのガムテープを剝《は》がし、中身を次々と床に出していった。印鑑は化粧ボックスの隅から見つかった。

けれど黒く小さな判子を握ったまま、私はうつむいたり天井を見上げたりして、いつまでも途方に暮れていた。

解　説　――透きとおる絶望を描く時代の誘惑者――

島﨑今日子

苺《いちご》のミルフィーユをきれいに食べるのは、至難の技である。瀟洒《しょうしゃ》で美味《おい》しいお菓子だけれど、

あれは、苺とクリームと幾層にも重なったサクサクとしたパイ地でできている。多くの人はまず飾りの苺を食べてしまうが、苺を最後に食べようとよけておく人、あるいは関心がないと食べない人だってけっこういる。フォークで小さく切って口に運ぶのが好きな人もいれば、そのままガブリと食らいつき、ムシャムシャと咀嚼《そしゃく》するほうが性に合っている人もいる。まとまりがないからうまく食べられずに、グシャグシャに壊してしまう人が少なくない。なかには、じれったくも、パイの薄皮を何枚かずつ剝《は》がして食べる人さえいる。それでも、大抵の人は、口の端に生クリームだのパイのかけらだのを残してしまい、傍目《はため》には少々みっともないことになる。

山本文緒の小説を読むと、いつもミルフィーユが頭に浮かぶ。手にとらずにはいられない印象的なタイトルと、一筋縄でいかない中身の落差だけを言っているのではない。その

中身を繙《ひもと》いた結果——生きていくのは、ミルフィーユを食べるようなものかもしれない、としんしんと突きつけられるからだ。

たとえば、山本文緒がしばしば小説でとりあげるテーマに、恋愛という苺を食べてしまったあとで、結婚生活というパイ地を飽きずに食べ続けていけるのか、がある。日常というパイ地の中に混じる、少量のクリームや果実の甘さを楽しむことで充足できるのか。パイそのものを味わい続けることをよしとするのか。あるいは、もう一度苺が欲しいと新しい一切れに手をのばすか。苺だけを食べ続けるのか。山本文緒は、この永遠の命題を決して解こうとはしない。

ことは恋愛、結婚に限らない。どんな場合にせよ、人は目の前の人生に、右から左から、上から下から斜めから、ときに後ろから、素手で、あるいは武器を持ち替えて挑んでみるのだが、正しいたち向かい方などありはしない。人生とどう向かい合うかは、人の数だけ種類があり、誰だってそう端正には生きられない。しかも、どこにいようと(シングルでいようが、結婚しようが、離婚しようが、山のように恋愛しようが、子どもがいようが)、人生は荒野なのだ、一人で歩いていくしかない。山本文緒を読むと、そのことがとてもよくわかるのである。

努力しても達成できないことはある。頑張っても手に入れられないものがある。願っても叶《かな》わないものだらけ。悔いても取り返しようがない。いまという時代の閉塞《へいそく》感を体現しながら生きなければならない人たちの透きとおるような絶望を、山本文緒はその手で紙に映し出す。

しかし、この作家がことのほか私の心をとらえて放さないのは、そうしたよるべない現実を書き切るからだけでは、もちろんない。人の気持ちもまたミルフィーユのパイ地のようなものであることを容赦なく、けれど淡々と描写する、その深度のある視線ゆえである。

愛という薄皮に憎しみという薄皮が重なり、笑いという薄皮の三枚あとに怒りという薄皮が待ち受けている。嫉妬《しっと》と憧憬《しょうけい》は裏表で、哀《かな》しみの上には喜びが乗り、淋《さび》しさの端っこに歓《よろこ》びがくっつくことだってある。疑惑と理解が一枚の薄皮に同居することもある、反発と共感が何枚もの皮に混じり合うこともままある。恋しさと苦しみは同じ味なのかもしれない。

憐憫《れんびん》と同情の、傲慢《ごうまん》とプライドの、慈しみと諦念《ていねん》の、不安と期待の境目はどこにあるのか。感情はグラデーションになっており、決して割り切れるものではないという事実。隣り合わせの幸せと不幸。齧《かじ》りかたで、切りかたで、たちまち位相は転換し、心は渦に飲み込まれてしまう。

山本文緒の小説のなかで、読者は自分では決して名前のつけることができなかった感情を発見する。同時に、絶対認めることができなかった感情に否応《いやおう》なく向かい合わなければならない。それは、怖いけれど、抗《あらが》い難い誘惑でもある。山本文緒に熱狂的なファンが多いのは、その作品に読者が自分を仮託させずにはおかないこうした刻印がしっかり刻み込まれているからに他ならない。

この結婚をモチーフにした作品集も、そうした山本文緒のエスプリ溢《あふ》れる作品で構成されている。

いつものように、ここに登場する主人公たちはスーパーヒロインでも、スーパーヒーローでもない。ごく平凡な日常を生きている人たちである。言ってみれば、そんな普通の人たちの結婚生活が、ちょっとした綻《ほころ》びを見せることから物語が始まる。その綻びは、なし崩し的に裂け目となって広がっていき、止められない流れの中で、関係や生活が破綻《はたん》し、普通の人は内包していた普通ではない部分をあらわにさせていく。

不協和音が静かに流れる八つの作品は、まるでホラー小説のように不気味であり、エリック・サティの音楽のようにどうしようもなく心を波立たせる。

本当のところ、これを最初に読んだときに私は、突拍子もなく、「松本清張の短編だ!」と思ってしまった。山本文緒と松本清張。世代もジェンダーも作風も違う二人の作家だが、人間の歪《ゆが》みやきしみ、壊れ、深層心理を描くという点で相似形である。

子どものころ、私は、週末になると、親の本棚から拝借した松本清張を徹夜で読んでいた。読んでいる最中も、読み終わったあとも怖くてたまらず、その後数日間は部屋を明るくしておかなければ眠れなかった。それでも、週末になればまた松本清張の本に手を出していた。

ここに収められた「土下座」、「貞淑」、「ますお」の三編は、私に子ども時代の週末の快楽を思い出させるものだった。悪意や不安や憎しみ、懐疑といった人間のマイナスの感情。ちょっとしたボタンのかけ違いで生じる人生の陥穽《かんせい》。それらが静かな筆致で書かれている分、不気味さが募る仕掛けだ。いずれも、妻の、夫の心の闇《やみ》を描いた作品であるが、夫婦のパワーバランスに大きな偏りがないだけ、そのパワーゲームがスリリングだった。正直、私は、松本清張ならいざしらず、まだ三十代の山本文緒にどうしてこんな小説が書けるのだろうと、ちょっと震えたものだ。

つくづく読者にアンビバレンツを強いる人だ。普通の人や平凡な生活を描きながら、「普通の人」や「平凡な生活」など何の実態もないのだと暴いてみせる。恐怖と共感で、ページをめくらずにはいられなくさせる。ほんとうに、読者たらしな作家ではないか。

小説はあくまで作品であり、作家そのものではないことは充分承知している。が、やはり、この作家だからこそ、個人と作品との関係性を探りたくなってしまう。「紙婚式」の次の文に出会ったときなどはとくに、だ。

――夫は既に私の一部である。他人ではないので会っても淋しさは紛れない。淋しさを紛らわしてくれるのは「他人」であることを私は知った。――

この文章に、私はぶちのめされた。恋愛耐久年数は二年であるとか四年であるとか、心理学者たちはそれぞれ自説を唱えているし、誰もが恋に終わりが来ることを体験的に知っている。けれど、なぜ恋愛が消滅するのか、その理由を、こんなにわかりやすく、こんなに鋭く綴《つづ》った文章があったろうか。山本文緒はこの一文を書くまでに、どんな風景を見つめてきたのだろうか。柔らかな言葉が、尖《とが》ったナイフのようにキリキリと胸を刺した。

けれど、山本文緒が書くのは絶望だけではない。彼女は絶望の先までも書いてしまう。「紙婚式」や、「子宝」、「おしどり」、「バツイチ」、「秋茄子」に通底する切なさ、やるせなさ、淋しさはいったい何なのか。

無様であることも、不器用であることも、頑《かたく》なであることも、ひねくれることも、間違うことも受容もすべて、幸福や充実や恍惚《こうこつ》や寛容と同様に、荒野を一人で歩くための必需品であるという真実か。私は、それをうなだれることなく、ただただ頷《うなず》いて受けとった。そして、生きてることはしんどいけれどやっぱりやめられないと、しみじみ理解したのである。

絶望の先にあるものを装飾のない平易な文章で紡ぎだす山本文緒という人物に、私は二度ばかり会っている。一度目は昼食を食べ、二度目はお酒を飲んだ。二度とも友人がもう一人一緒だった。

文章と同じように柔らかな肌触りの人だけれど、存在感はさすがに過剰だなと感じたのが、私の第一印象だった。女度の高い人かと想像していたが、男度も高く、きっぷがよくて、エッセイに登場するご本人より数段大人だった。だが、二度ばかり会ったぐらいで山本さんが私に本質を見せるわけがない。ただ、どうにもならないくらい小説家だなと感じた瞬間があった。

「その話、小説になる」

小料理屋でお酒を飲みながら雑談しているときに、山本さんが突如、呟《つぶや》いたのだ。何の話をしていたのかはもう思い出せないが、ええっ、こんな話のどこが小説に、と心底びっくりしたことだけはよく覚えている。この人は四六時中書くことを考えているのかと、羨《うらや》ましくて、でも因果だなと思わずにはいられなかった。

山本文緒は、小説を書くことに心を奪われてしまった人である。鶴《つる》の機織りのように、才能に努力という磨きをシコシコかけ、身を削りながら、心をかき乱す珠玉の作品を差し出してくれる。もはや私たちは、この作家と同じ時代に生きていることに覚悟を決めて、やすやすと誘惑されるしかないのかもしれない。

この解説の原稿を校正しているときに、携帯にメールが届いた。「第一二四回直木賞は、本日、我らが山本文緒ねーさんに決定しました！　ブラボー！」。山本さんを私に紹介してくれた友人からだった。ああ、春からめでたい。

二〇〇一年一月十六日

本書は一九九八年十月に、徳間書店より
刊行された単行本を文庫化したものです。

紙《かみ》婚《こん》式《しき》

山《やま》本《もと》文《ふみ》緒《お》

平成13年 2月25日　初版発行
令和6年 10月30日　30版発行

発行者●山下直久

発行●株式会社KADOKAWA
〒102-8177　東京都千代田区富士見2-13-3
電話　0570-002-301(ナビダイヤル)

角川文庫 11858

印刷所●株式会社KADOKAWA
製本所●株式会社KADOKAWA

表紙画●和田三造

◎本書の無断複製（コピー、スキャン、デジタル化等）並びに無断複製物の譲渡および配信は、著作権法上での例外を除き禁じられています。また、本書を代行業者等の第三者に依頼して複製する行為は、たとえ個人や家庭内での利用であっても一切認められておりません。
◎定価はカバーに表示してあります。

●お問い合わせ
https://www.kadokawa.co.jp/（「お問い合わせ」へお進みください）
※内容によっては、お答えできない場合があります。
※サポートは日本国内のみとさせていただきます。
※Japanese text only

©Fumio Yamamoto 1998　Printed in Japan
ISBN978-4-04-197009-6　C0193

◆◇◇

角川文庫発刊に際して

角川源義

第二次世界大戦の敗北は、軍事力の敗北であった以上に、私たちの若い文化力の敗退であった。私たちの文化が戦争に対して如何に無力であり、単なるあだ花に過ぎなかったかを、私たちは身を以て体験し痛感した。西洋近代文化の摂取にとって、明治以後八十年の歳月は決して短かすぎたとは言えない。にもかかわらず、近代文化の伝統を確立し、自由な批判と柔軟な良識に富む文化層として自らを形成することに私たちは失敗して来た。そしてこれは、各層への文化の普及滲透を任務とする出版人の責任でもあった。

一九四五年以来、私たちは再び振出しに戻り、第一歩から踏み出すことを余儀なくされた。これは大きな不幸ではあるが、反面、これまでの混沌・未熟・歪曲の中にあった我が国の文化に秩序と確たる基礎を齎らすためには絶好の機会でもある。角川書店は、このような祖国の文化的危機にあたり、微力をも顧みず再建の礎石たるべき抱負と決意とをもって出発したが、ここに創立以来の念願を果すべく角川文庫を発刊する。これまで刊行されたあらゆる全集叢書文庫類の長所と短所とを検討し、古今東西の不朽の典籍を、良心的編集のもとに、廉価に、そして書架にふさわしい美本として、多くのひとびとに提供しようとする。しかし私たちは徒らに百科全書的な知識のジレッタントを作ることを目的とせず、あくまで祖国の文化に秩序と再建への道を示し、この文庫を角川書店の栄ある事業として、今後永久に継続発展せしめ、学芸と教養との殿堂として大成せんことを期したい。多くの読書子の愛情ある忠言と支持とによって、この希望と抱負とを完遂せしめられんことを願う。

一九四九年五月三日

角川文庫ベストセラー

ブルーもしくはブルー　山本文緒

派手で男性経験豊富な蒼子A、地味な蒼子B。互いにそっくりな二人はある日、入れ替わることを決意した。誰もが夢見る〈もうひとつの人生〉の苦悩と歓びを描いた切なくいとしいファンタジー。

絶対泣かない　山本文緒

あなたの夢はなんですか。仕事に満足してますか、誇りを持っていますか？　専業主婦から看護婦、秘書、エステティシャン。自立と夢を追い求める15の職業の女たちの心の闘いを描いた、元気の出る小説集。

紙婚式　山本文緒

一緒に暮らして十年、こぎれいなマンションに住み、互いの生活に干渉せず、家計も別々。傍目には羨ましがられる夫婦関係は、夫の何気ない一言で砕けた。結婚のなかで手探りしあう男女の機微を描いた短篇集。

そして私は一人になった　山本文緒

「六月七日、一人で暮らすようになってからは、私は私の食べたいものしか作らなくなった。」夫と別れ、はじめて一人暮らしをはじめた著者が味わう解放感と不安。心の揺れをありのままに綴った日記文学。

かなえられない恋のために　山本文緒

誰かを思いきり好きになって、誰かから思いきり好かれたい。かなえられない思いも、本当の自分も、せいいっぱい表現してみよう。すべての恋する人たちへ、思わずうなずく等身大の恋愛エッセイ。

角川文庫ベストセラー

再婚生活　私のうつ闘病日記　山本文緒

「仕事で賞をもらい、山手線の円の中にマンションを買い、再婚までした。恵まれすぎだと人はいう。人にはそう見えるんだろうな。」仕事、夫婦、鬱病。病んだ心と身体が少しずつ再生していくさまを日記形式で。

恋愛届を忘れずに　赤川次郎

憧れの課長からたのまれた重要書類を盗まれた新米女子社員の恭子。偶然知りあったおかしなアベックと、シロウト探偵になって捜査に乗り出すが……元気いっぱい、青春ミステリ。

結婚以前　赤川次郎

ある朝、目覚めてみると見知らぬ若い男が横に寝ていて……彼は婚約者がいる大会社の御曹子だった。平凡だったはずのOL弓子が、とっても素敵になって、仕事に恋に大活躍。

そんなはずない　朝倉かすみ

30歳の誕生日を挟んで、ふたつの大災難に見舞われた鳩子。婚約者に逃げられ、勤め先が破綻。変わりものの妹を介して年下の男と知り合った頃から、探偵にもつきまとわれる。果たして依頼人は？　目的は？

約束　石田衣良

池田小学校事件の衝撃から一気呵成に書き上げた表題作はじめ、ささやかで力強い回復・再生の物語を描いた必涙の短編集。人生の道程は時としてあまりにもハードだけど、もういちど歩きだす勇気を、この一冊で。

角川文庫ベストセラー

美丘　石田衣良

美丘、きみは流れ星のように自分を削り輝き続けた……平凡な大学生活を送っていた太一の前に現れた問題児。障害を越え結ばれたとき、太一は衝撃の事実を知る。著者渾身の涙のラブ・ストーリー。

恋は、あなたのすべてじゃない　石田衣良

〝自分をそんなに責めなくてもいい。生きることを楽しみながら、恋や仕事で少しずつ前進していけばいい〟――思い詰めた気持ちをふっと軽くして、よりよい女になる為のヒントを差し出す恋愛指南本！

あなたの獣　井上荒野

子を宿し幸福に満ちた妻は、病気の猫にしか見えなかった……女を苛立たせながらも、女の切れることのない男・櫻田哲生。その不穏にして幸福な生涯を描いた、著者渾身の長編小説。

ユージニア　恩田陸

あの夏、白い百日紅の記憶。死の使いは、静かに街を滅ぼした。旧家で起きた、大量毒殺事件。未解決となったあの事件、真相はいったいどこにあったのだろうか。数々の証言で浮かび上がる、犯人の像は――。

チョコレートコスモス　恩田陸

無名劇団に現れた一人の少女。天性の勘で役を演じる飛鳥の才能は周囲を圧倒する。いっぽう若き女優響子は、とある舞台への出演を切望していた。開催された奇妙なオーディション、二つの才能がぶつかりあう！

角川文庫ベストセラー

恋をしよう。夢をみよう。旅にでよう。　角田光代

「褒め男」にくらっときたことありますか？　褒め方に下心がなく、しかし自分は特別だと錯覚させる。ついに遭遇した褒め男の言葉に私は……ゆるゆると語り合っているうちに元気になれる、傑作エッセイ集。

薄闇シルエット　角田光代

「結婚してやる」と恋人に得意げに言われ、ハナは反発する。結婚を「幸せ」と信じにくいが、自分なりの何かも見つからず、もう37歳。そんな自分に苛立ち、戸惑うが……ひたむきに生きる女性の心情を描く。

女神記　桐野夏生

遙か南の島、代々続く巫女の家に生まれた姉妹。大巫女となり、跡継ぎの娘を産む使命の姉、陰を背負う宿命の妹。禁忌を破り恋に落ちた妹は、男と二人、けして入ってはならない北の聖地に足を踏み入れた。

青山娼館　小池真理子

東京・青山にある高級娼婦の館「マダム・アナイス」。そこは、愛と性に疲れた男女がもう一度、生き直す聖地でもあった。愛娘と親友を次々と亡くした奈月は、絶望の淵で娼婦になろうと決意する——。

楽園のつくりかた　笹生陽子

エリート中学生の優は突如田舎の学校に転校することに。同級生は3人。バカ丸出しのサル男、いつもマスクの根暗女、アイドル顔負けの美女(?)。嗚呼、ここは地獄か、楽園か？　これぞ直球ど真ん中青春小説！

角川文庫ベストセラー

ぼくは悪党になりたい　笹生陽子僕はエイジ、17歳。父親は不在、奔放な母と腕白な異父弟・ヒロトと3人で平凡な生活を送ってる。毎日家事全般をこなす高校生が平凡かは疑問だが。弟が病気で倒れたのを境に、僕の日常が少しずつ崩れて……。

こんな老い方もある　佐藤愛子人間、どんなに頑張ってもやがては老いて枯れるもの。どんな事態になろうとも悪あがきせずに、ありのままに運命を受け入れて、上手にゆこうではありませんか。美しく歳を重ねて生きるためのヒント満載。

少女七竈と七人の可愛そうな大人　桜庭一樹いんらんの母から生まれた少女、七竈は自らの美しさを呪い、鉄道模型と幼馴染みの雪風だけを友に、孤高の日々をおくるが――。直木賞作家のブレイクポイントとなった、こよなくせつない青春小説。

一瞬の光　白石一文38歳の若さで日本を代表する企業の人事課長に抜擢されたエリートサラリーマンと、暗い過去を背負う短大生。二人が出会って生まれた刹那的な非日常世界を描いた感動の物語。直木賞作家、鮮烈のデビュー作。

私という運命について　白石一文大手メーカーに勤務する亜紀が、かつて恋人からのプロポーズを断った際、相手の母親から貰った一通の手紙。女性にとって、恋愛、結婚、出産、そして死とは……運命の不可思議を鮮やかに映し出す感動長篇。

角川文庫ベストセラー

ナラタージュ　島本理生

お願いだから、私を壊して。ごまかすこともそらすこともできない、鮮烈な痛みに満ちた20歳の恋。もうこの恋から逃れることはできない。早熟の天才作家、若き日の絶唱というべき恋愛文学の最高作。

一千一秒の日々　島本理生

仲良しのまま破局してしまった真琴と哲、メタボな針谷にちょっかいを出す美少女の一紗、誰にも言えない思いを抱きしめる瑛子——。不器用な彼らの、愛おしいラブストーリー集。

クローバー　島本理生

強引で女子力全開の華子と人生流され気味の理系男子・冬冶。双子の前にめげない求愛者と微妙にズレてる才女が現れた！　でこぼこ4人の賑やかな恋と日常。キュートで切ない青春恋愛小説。

ほとけの心は妻ごころ　田辺聖子

夫の威張り方は赤ちゃんの甘え泣きと同じ（「ほとけの心は妻ごころ」）。夫は冷徹な頭脳を備えているわりに、ハートは未開で野蛮（「気になる男」）。十組の中年夫婦の日常をコミカルに描く。

おちくぼ姫　田辺聖子

貴族のお姫さまなのに意地悪い継母に育てられ、召使い同然、粗末な身なりで一日中縫い物をさせられている、おちくぼ姫と青年貴公子のラブ・ストーリー。千年も昔の日本で書かれた、王朝版シンデレラ物語。

角川文庫ベストセラー

ジョゼと虎と魚たち　田辺聖子

車椅子がないと動けない人形のようなジョゼと、管理人の恒夫。どこかあやうく、不思議にエロティックな関係を描く表題作のほか、さまざまな愛と別れを描いた短篇八篇を収録した、珠玉の作品集。

人生の甘美なしたたり　田辺聖子

愛の反対は無関心である。「死」の対極にあるのは「生」ではなく、「恋」である。お聖さんのふかーい洞察力によって引き出された、恋人、夫婦、家族たちの本音と真実を軽快にとらえた決めフレーズ集。

残花亭日暦　田辺聖子

96歳の母、車椅子の夫と暮らす多忙な作家の生活日記。仕事と介護を両立させ、旅やお酒を楽しもうとあれこれ工夫する中で、最愛の夫ががんになった。看病、入院そして別れ。人生の悲喜が溢れ出す感動の書。

あなたがここにいて欲しい　中村航

大学生になった吉田くんによみがえる、懐かしいあの日々。温かな友情と恋を描いた表題作ほか、「男子五編」「ハミングライフ」を含む、感動の青春恋愛小説集。

僕の好きな人が、よく眠れますように　中村航

僕が通う理科系大学のゼミに、北海道から院生の女の子が入ってきた。徐々に距離の近づく僕らには、しかし決して恋が許されない理由があった……『100回泣くこと』を超えた、あまりにせつない恋の物語。

角川文庫ベストセラー

ゆめつげ　畠中　恵

つくもがみ貸します　畠中　恵

聖家族のランチ　林　真理子

美女のトーキョー偏差値　林　真理子

RURIKO　林　真理子

小さな神社の神官兄弟、弓月と信行。しっかり者の弟に叱られてばかりの弓月には「夢告」の能力があった。ある日、迷子捜しの依頼を礼金ほしさについ引き受けてしまうのだが……。

お江戸の片隅、姉弟二人で切り盛りする損料屋「出雲屋」。その蔵に仕舞われっぱなしで退屈三昧、噂大好きのあやかしたちが貸し出された先で拾ってきた騒動とは!? ほろりと切なく温かい、これぞ畠中印!

大手都市銀行に勤務するエリートサラリーマンの夫、美貌の料理研究家として脚光を浴びる妻、母のアシスタントを務める長女に、進学校に通う長男。その幸せな家庭の裏で、四人がそれぞれ抱える〝秘密〟とは。

メイクと自己愛、自暴自棄なお買物、トロフィー・ワイフ、求愛の力関係……「美女入門」から7年を経てますます磨きがかかる、マリコ、華麗なる東京セレブの日々。長く険しい美人道は続く。

昭和19年、4歳で満州の黒幕・甘粕正彦を魅了した信子。天性の美貌をもつ女性は、「浅丘ルリ子」として銀幕に華々しくデビュー。昭和30年代、裕次郎、旭、ひばりら大スターたちのめくるめく恋と青春物語!

角川文庫ベストセラー

男と女とのことは、何があっても不思議はない　林　真理子

「女のさようならは、命がけで言う。それは新しい自分を発見するための意地である」。恋愛、別れ、仕事、ファッション、ダイエット。林真理子作品に刻まれた宝石のような言葉を厳選、フレーズセレクション。

母　三浦綾子

明治初め、東北の寒村に生まれた小林多喜二の母セキ。大らかな心で多喜二の理想を見守り、人を信じ、愛し、懸命に生き抜いたセキの、波乱に富んだ一生を描く。感動の長編小説。

銃口（上）（下）　三浦綾子

昭和2年、旭川の小学生竜太は、担任に憧れる。成長し、教師になるが、理想の教育に燃える彼を阻むものは、軍国主義の勢いであった。軍旗はためく昭和を背景に戦争と人間の姿を描いた感動の名作。

それ行け！トシコさん　群　ようこ

どうして私だけがこんな目に!?　惚け始めた舅に新興宗教にはまる姑、頼りにならない夫、反抗期と受験を迎えた子供。襲いかかる受難に立ち向かう妻トシコは――群流ユーモア家族小説。

しいちゃん日記　群　ようこ

ネコと接して、親馬鹿ならぬネコ馬鹿になることを、「ネコにやられた」という――女王様ネコ「しい」と、御歳18歳の老ネコ「ビー」がいる幸せ。天下のネコ馬鹿が贈る、愛と涙がいっぱいの傑作エッセイ。

角川文庫ベストセラー

財布のつぶやき　群ようこ

家のローンを払い終えるのはずっと先。毎年の税金問題も悩みの種。節約を決意しては挫折の繰り返し。〝おひとりさまの老後〟に不安がよぎるけど、本当の幸せって何だろう。暮らしのヒントが詰まったエッセイ。

アーモンド入りチョコレートのワルツ　森絵都

十三・十四・十五歳。きらめく季節は静かに訪れ、ふいに終わる。シューマン、バッハ、サティ、三つのピアノ曲のやさしい調べにのせて、多感な少年少女の二度と戻らない「あのころ」を描く珠玉の短編集。

つきのふね　森絵都

親友との喧嘩や不良グループとの確執。中学二年のさくらの毎日は憂鬱。ある日人類を救う宇宙船を開発中の不思議な男性、智さんと出会い事件に巻き込まれる。揺れる少女の想いを描く、直球青春ストーリー！

宇宙のみなしご　森絵都

真夜中の屋根のぼりは、陽子・リン姉弟のとっておきの秘密の遊びだった。不登校の陽子と誰にでも優しいリン。やがて、仲良しグループから外された少女、パソコンオタクの少年が加わり……。

女たちは二度遊ぶ　吉田修一

何もしない女、だらしない女、気前のいい女、よく泣く女……人生の中で繰り返す、出会いと別れ。ときに苦く、哀しい現代の男女を実力派の著者がリアルに描く短編集。